Die venezianische Kette

Ella May

Roman

Die venezianische Kette

Ella May

Covergestaltung: Christiane Baurichter

„Venedig war die Stadt meiner Träume, und alles was ich sah, übertraf meine Erwartungen."

George Sand

„Venedig ist, als würde man eine ganze Schachtel Likörpralinen auf einmal aufessen."

Truman Capote

Prolog
Vor 28 Jahren

Die alte Frau stand im Nebel, den weißen Schal um den Kopf gehüllt. Schemenhaft erkannte sie in der Ferne ihr Mädchen. Niemand hatte ihr jemals mehr Sorgen bereitet und doch gab es keinen Menschen auf der Welt, den sie mehr liebte. Sie war es, da war sich Mirabella ganz sicher. Sie sah das lange schwarze Haar der jungen Frau wie in einem Tanz durch die Luft wirbeln. Einem Totentanz. Ein hochgewachsener Mann stand vor ihr. Sie stritten. Mirabella konnte nichts hören. Die Welt um sie herum war stumm, seit sie geboren war. Der Mann gestikulierte. Seine langen Arme wirbelten durch die Luft. Dann schubste er die Frau wie in blinder Wut. Sie strauchelte, wankte einige Schritte zurück und verschwand in der Tiefe. Sie fiel rückwärts die Mauer herunter in den Kanal Misericordia. Eiskalt musste es jetzt im feuchtkalten Winter Venedigs dort unten im schlammigen Wasser sein, dachte Mirabella. Ihr Mund öffnete sich zu einem Schrei, doch dieser gefror in der Luft wie ein Eiszapfen und blieb stumm.

Der Mann kniete schwerfällig auf den Steinen nieder und starrte nach unten. Noch einmal sah Mirabella ein Lebenszeichen ihres geliebten Mädchens. Eine Hand, feingliedrig und weiß, griff nach oben und krallte sich an den glitschigen Steinen des Kanalufers fest. Fast zärtlich schob der Mann die Hand von den Steinen und besiegelt damit das Schicksal der jungen Frau.

Der Mann erhob sich, taumelte und fuhr sich mit der Hand über die Augen, als könne er nicht glauben, was geschehen war. Langsam setzte er einen Fuß vor den anderen und verschwand im dichten Nebel.

Mirabella erkannte ihn. Ein furchtbares Geheimnis brannte sich in jener unseligen Nacht in ihr Herz. Wem konnte sie die Last dieses Geheimnisses zumuten? Wer hatte Schuld? Wer musste sühnen und wer sollte jemals davon erfahren?

1

Mia rannte. Wie immer hatte sie es eilig und wie so oft war sie spät dran. Sie schulterte die prall gefüllte Reisetasche und eilte die Treppen im Hamburger Hauptbahnhof hinunter. Unten stand bereits ihr Zug, der ICE nach München. Dort würde sie nach kurzem Aufenthalt in einen Eurocity nach Venedig steigen. Venedig … Allein bei dem Gedanken an die verwunschene Lagunenstadt hüpfte ihr Herz vor Freude. Es war das erste Mal, dass sie diese Stadt der Liebe, der Gondoliere und prachtvollen Palazzi sehen würde. Sie strahlte die Mitreisenden auf dem Bahnsteig an und erntete von vielen ein Lächeln zurück. Der ICE fuhr noch ein paar Meter nach vorne und blieb dann endgültig stehen. Mal wieder hatte die Bahn die Wagenreihung spontan geändert, so dass es auf dem Bahnsteig ein großes Gewusel gab. Mia hatte reserviert und fand schließlich ihren Wagen. Sie wuchtete die Reisetasche in den Zug und machte sich auf die Suche nach ihrem Sitzplatz. Großraumwagen am Fenster hatte sie ausgesucht. Am Gang saß bereits ein Mann, der die Süddeutsche Zeitung las. Na immerhin, offenbar ein Mitreisender mit Niveau, dachte Mia.

„Soll ich Ihnen helfen, die Tasche ins Gepäckfach zu heben“, fragte der Typ und grinste freundlich. Kurz geschnittene Haare, sympathische Ausstrahlung, tiefbraune Augen, die hinter einer melierten Hornbrille blitzten. Mia ließ sich gerne helfen und zwängte sich dann auf den Fensterplatz. Es würde eine lange Fahrt werden. Sie räkelte sich gemütlich in den Sitz und freute sich, für die nächsten Stunden von allen Alltagssorgen befreit zu sein. Der Zug setzte sich langsam in Bewegung und fuhr aus dem Hauptbahnhof hinaus. Vorbei ging es an den Deichtorhallen, dann konnte sie die neue Elbphilharmonie und die Kirchtürme Hamburgs zu ihrer Rechten sehen. Sie liebte ihre Heimatstadt. Wie oft war sie mit ihrer Stiefmutter Henriette durch die noblen Einkaufsstraßen hinterm Jungfernstieg gelaufen? Sie hatten im Hanseviertel italienische Leckereien zum Lunch verzehrt und sich zum Nachtisch Pralinen von Leysieffer gegönnt.

Mit ihrem Vater hatte sie früher Jazz oder klassische Konzerte in der Laeiszhalle und später dann in der grandiosen Elbphilharmonie besucht. Sie beide liebten Rachmaninoff, Chopin und Schostakowitsch. Ihr Vater bekam bei den Vier-Jahreszeiten-Konzerten von Vivaldi stets einen verklärten Blick. „Ich habe Vivaldi immer in Venedig gehört“, sagte er. Und dann war da natürlich die Tintoretto-Ausstellung in der Hamburger Kunsthalle gewesen, die sie mit ihrem Vater besucht hatte. Er war Restaurator und hatte eine ganz besondere Beziehung zu dem venezianischen Maler Jacopo Tintoretto.

„Möchten Sie?“, fragte der Mann neben ihr, den sie ganz vergessen hatte. Er hielt ihr eine Tüte mit Cashewnüssen hin. Plötzlich spürte Mia Hunger und griff zu. „Sie haben so gedankenverloren geschaut“, sagte er, „darf ich fragen, was Ihnen durch den Kopf ging?“.

Darfst du nicht, dachte Mia. Sie besprach ihre Gedanken und Gefühle grundsätzlich nur mit Menschen, die ihr sehr nahestanden. Nach außen war sie lebendig und jedem zugewandt, doch das, was sie wirklich bewegte, behielt sie lieber für sich. „Wie dein Vater“, pflegte Henriette immer zu sagen. Doch der Typ neben ihr sah wirklich nett aus und Mia wollte nicht unfreundlich sein.

„Ich dachte gerade an Tintoretto“, sagte sie vage, um zu testen, was der Typ so auf dem Kasten hatte.

Er zeigte keinerlei Überraschung. „Mir gefallen vor allem Susanna im Bade und das Sklavenwunder."
Mia lachte. „Jetzt haben Sie mich aber erwischt. Ich weiß gar nicht so viel über Tintoretto. Mein Vater hat früher in Venedig gelebt und als Restaurator einige Werke von Tintoretto auf Vordermann gebracht."
Die braunen Augen ihres Nachbarn schauten überrascht. „Das ist wirklich ein interessanter Zufall. Ich kenne viele Werke von Tintoretto sehr gut, da ich oft in Venedig bin und dort als Kurator arbeite, das heißt, ich stelle Werke für Ausstellungen zusammen. In ein paar Tagen werde ich wieder dort sein. Dieses Mal geht es um eine Picasso-Ausstellung im Peggy Guggenheim Museum."
Mia griff wie selbstverständlich noch einmal in die Tüte mit den Nüssen und musste diese Informationen erst einmal verarbeiten.
„Fahren Sie etwa auch nach Venedig?", fragte ihr Nachbar, der ihr jetzt schon fast vertraut schien.
„Ja…", entgegnete Mia einsilbig.
„Entschuldigen Sie, ich möchte Ihnen nicht zu nahetreten. Aber Sie wirken plötzlich so nachdenklich. Ist es denn keine Urlaubsreise?"

Mia war versucht, das Gespräch in eine andere Richtung zu lenken. Andererseits könnte sie einem sympathischen Fremden ihre Geschichte ruhig erzählen. Sie würde ihn sowieso nie wiedersehen.

„Es ist eine etwas längere Geschichte …“

„Das macht nichts, wir haben ja noch einige Stunden Zugfahrt bis München vor uns“, sagte ihr Nachbar. „Ich heiße übrigens André Golding. Sagen Sie ruhig André. Unter uns Kunstleuten und allen, die sich dafür halten, duzen sich sowieso alle.“

„Ich bin Mia Rosner. Klar können wir uns duzen.“

„Nun bin ich aber gespannt …“

„Es ist so“, tastete sich Mia vor, „ich bin in Venedig geboren.“

André sagt nichts, wohl um sie nicht zu unterbrechen und hielt ihr nur aufmunternd die Nusstüte hin. Mia schob sich noch eine Handvoll der kleinen Energiespender in den Mund und fing kauend an zu erzählen. „Mein Vater Pietro, er heißt eigentlich Peter, kam als 31-Jähriger nach Venedig. Als Restaurateur war er Spezialist für die Wiederherstellung der Originalfarben speziell auf Gemälden aus dem 16. Jahrhundert. Er hat zuerst im Dogenpalast gearbeitet. Eigentlich wollte er nur ein paar

Monate bleiben, doch dann verliebte er sich in eine Venezianerin."

„Eine italienische Liebesgeschichte", murmelte André gedankenverloren, „das klingt nach einer Achterbahn der Gefühle, nach Freud und Leid."

Mia seufzte. „Ja, da haben Sie Recht. In unserem Falle war sie leider auch mit viel Leid verbunden. Die Venezianerin war meine Mutter."

„War …?"

„Ja …" Mia stockte und hätte das Gespräch am liebsten beendet. Doch André wirkte einfühlsam und ernsthaft interessiert.

„Meine Eltern verliebten sich ineinander. Ihren ersten Kuss gaben sie sich bei Mondschein auf der Piazza San Marco, so hat es mein Vater immer erzählt. Alles ging wohl sehr schnell, denn nur zehn Monate später kam ich zur Welt. In Venedig, ich kann es selbst kaum glauben."

„Was geschah dann?"

„Ich weiß nicht viel", sagte Mia und merkte, dass ihre Stimme belegt klang. „Es war wohl ein Unfall. Ich war gerade anderthalb Jahre alt, da kehrte meine Mutter von einem Besuch bei ihren eigenen Eltern nicht in die gemeinsame Wohnung zu meinem Vater zurück. Später fand man ihren Körper leblos im Kanal Misericordia."

Mia musste aufpassen, dass sie nicht anfing zu weinen. Dabei war alles so lange her und für sie in ihrem jetzigen Leben kaum noch von Bedeutung. Sie erzählte die Geschichte selten und war eigentlich der Meinung, dass sie damit abgeschlossen hatte. Doch tief in ihrem Inneren sehnte sie sich wohl immer noch nach ihrer Mutter.
Mittlerweile hatte der Zug Kassel hinter sich gelassen. Die Kontrolleurin kam. Für Mia eine willkommene Abwechslung. André und sie zeigten ihre Fahrkarten. Er reiste nach München, erfuhr sie bei der Gelegenheit.
„Und jetzt fahren Sie nach Venedig, um die Stadt zu erleben, in der Sie geboren wurden und in der Sie diesen traurigen Verlust hinnehmen mussten?“, fragte André.
Mia wurde wieder etwas unwohl, da ihr das Gespräch nahe ging. Sie beschloss, dass sie André die offensichtlichen Fakten ruhig erzählen konnte. Aber alles musste sie einem Fremden nicht auf die Nase binden.
„Jetzt wird es schon wieder traurig“, sagte Mia, grinste schief und versuchte, der Geschichte ein wenig die Tragik zu nehmen. „Mein Vater ist vor fünf Monaten gestorben.“

André senkte mitfühlend den Kopf und Mia rechnete ihm hoch an, dass er sie nicht mit einer beliebigen Beileidsformel behelligte.
„Er hatte einen Schlaganfall bei der Gartenarbeit. Er war gerade dabei, seine geliebten Rosen zu beschneiden. Meine Stiefmutter Henriette fand ihn. Er kam noch ins Krankenhaus, doch am Ende hat er es nicht geschafft. Drei Tage nach dem Schlaganfall ist er gestorben. Ich konnte es nicht fassen. Er war fit und gesund und von einer auf die andere Sekunde war alles vorbei. Ich musste dann die Beerdigung organisieren und das Haus ausräumen. Meine Stiefmutter wollte dort nicht mehr bleiben. Das ganze Haus steckte voller Erinnerungen, vieles aus seiner Zeit in Venedig."
„Ist er denn nach dem Tod ihrer Mutter aus Venedig weggezogen?", fragte André.
„Mein Vater hat nicht viel über diese Zeit gesprochen. Soweit ich weiß, hat er kurz nach dem Tod meiner Mutter Venedig fluchtartig verlassen. Nur wenige Tage nach dem Unglück ist er mit mir und nur kleinem Gepäck nach Peru geflogen. Dort hat er als Restaurator in der Kathedrale von Lima gearbeitet. Ein paar Jahre später lernte er Henriette kennen, die dort als Sprachlehrerin arbeitete."

„Dann sind Sie in Peru aufgewachsen?"
„Ja, es war eine unbeschwerte Kindheit. Wir haben inmitten von Lebenskünstlern, Musikern und Bohemiens im Stadtteil Barranco gewohnt. Henriette war wie eine Mutter zu mir. Als ich zehn Jahre alt war, sind wir alle drei nach Hamburg gezogen. Dort bin ich zur Schule gegangen und habe mein Abitur gemacht."
„Und was tun Sie jetzt beruflich, wenn ich fragen darf?" André grinste freundlich, so dass es Mia nicht störte, dass er sie offenbar ausfragte.
„Ich habe in Hamburg und London Grafikdesign studiert, war dann bei einigen Werbeagenturen tätig und arbeite jetzt in Hamburg als Art-Directorin in einer bekannten Marketingagentur. Wir haben ein paar bekannte Namen als Kunden wie Lavazza-Kaffee, das Deutsche Rote Kreuz und den Flughafen Hamburg zum Beispiel."
„Das klingt spannend. Sie müssen ein kreativer Kopf sein."
„Als ich in den Beruf eingestiegen bin, war ich total elektrisiert. Man kann mit Elementen, Schriften und Farben spielen und mit den Bildern, die man erzeugt, bei den Menschen sehr viel bewirken. Doch man kann auch manipulieren und ein schlechtes Produkt in rosarotem Licht erscheinen lassen. Ich bin jetzt

rund sechs Jahre dabei und merke, dass mich das zunehmend stört."

„Das kann ich gut nachvollziehen. Da ist die Kunst doch ein Stück ehrlicher. Der Künstler erzeugt auch Emotionen, doch es geht ihm nicht darum, ein bestimmtes Produkt zu einem möglichst hohen Preis zu verkaufen, sondern er will eine Botschaft vermitteln."

„Ja, da haben Sie Recht. Dafür ist es für einen Künstler auch viele schwerer, seinen Lebensunterhalt zu bestreiten. Mein Vater hat als Restaurator einen guten Weg gefunden. Er konnte sich zeitlebens mit der Kunst beschäftigen und trotzdem sein Geld verdienen. Vor allem seine Zeit in Venedig muss recht lukrativ gewesen sein."

„Apropos Venedig, waren Sie nie wieder dort?"

„Nein, das hole ich nun nach."

„Haben Sie denn noch Verwandte in Venedig? Tanten, Onkel oder Großeltern?"

„Es gibt keine direkten Verwandten. Meine Mutter hatte keine Geschwister und ihre Eltern sind früh gestorben, so hat es mir mein Vater erzählt. Mehr weiß ich nicht. Mein Vater war immer sehr wortkarg, wenn es um Venedig ging."

Während der Zug in einen Tunnel einfuhr und es stockduster wurde, entstand zwischen Mia und ihrem Zugnachbarn eine längere Gesprächspause. Mia war das nur recht. Sie gähnte extra laut und erklärte, sie müsste nun dringend ein Nickerchen machen.

***

Sie wusste nicht, wie lange sie geschlafen hatte, doch jemand rüttelte an ihrem Arm. Mia zuckte zusammen. Sie schlug die Augen auf und blickte direkt in Andrés Augen. Er lächelte sie sanft an. „Wir sind bald in München. Dort muss ich aussteigen“, sagte er. „Ich möchte dich gerne wiedersehen, wenn ich nächste Woche selber in Venedig bin.“

„Klar“, sagte Mia und registrierte, dass André nun tatsächlich zum Du übergegangen war. Sie fingerte nach ihrem Handy. „Wie ist denn deine Mobilnummer, dann können wir uns schreiben und verabreden.“

Kurz nachdem die Nummern ausgetauscht waren und sie geprüft hatten, ob sie richtig verbunden waren, fuhr der Zug in den Münchner Hauptbahnhof ein. Sie eilten Seite an Seite Richtung Einkaufspassage. Mia wollte sich noch schnell eine Butterbrezel und einen Cappuccino holen, denn schon 20 Minuten später würde ihr Zug Richtung Venedig abfahren.

Der Abschied fiel den beiden ein wenig schwer, obwohl sie nur wenige Stunden miteinander verbracht hatten. Mia spürte plötzlich, dass sie André gerne wiedersehen würde.

„Na dann“, sagte sie und nahm André flüchtig in den Arm. „Wir schreiben uns einfach und wenn alles klappt, sehen wir uns auf dem Markusplatz.“

Dann rannte Mia los.

2

Dieses Mal hatte Mia nicht so viel Glück mit ihren Zugnachbarn. Erst saß eine ältere Frau neben ihr, die Eiersalat aus einer Tupperdose aß. Später kam ein Jugendlicher, dessen Kopfhörer nicht verhinderten, dass der ganze Waggon mit Techno-Bässen beschallt wurde.

Ab Innsbruck wurde das Abteil leerer und Mia genoss die Aussicht auf die Berge. Es war Mai und in den Tälern blühten die Mandelbäume. Hoch oben verzierten immer noch weiße Schneehauben die mächtigen Felsspitzen. Der Zug kämpfte sich auf den Alpenhauptkamm und erreichte schließlich die Station Brenner. Hier war sie als Jugendliche mit ihren Eltern immer zum Skilaufen gewesen. Nach kurzem Aufenthalt ging es weiter. Enge Täler, wild schäumende Gebirgsbäche und Südtiroler Häuschen mit üppig blühenden Geranien in den Blumenkästen huschten am Zugfenster vorbei. Mia begann wegzudösen und verfiel in unruhige Träume.

Wo war sie? Es war dunkel und kalt. Schritte hallten durch eine enge Gasse. Da war eine Frau, eine junge Frau, deren langes dunkles Haar nass um ihr fein geschnittenes Gesicht hing. Sie streckte eine feingliedrige Hand aus, so als wolle sie Mia zu sich ziehen. Mia war starr vor Angst. Sie war ein kleines Mädchen. Sie meinte, am Ende der Gasse ihren Vater zu sehen. Doch er reagierte nicht auf sie. Er drehte sich weg und verschwand.

Mia schlug mühsam die Augen auf. Sie hatte dumpfe Kopfschmerzen. Diese Fahrt nach Venedig war doch mehr als ein fröhlicher Ausflug in eine Stadt der Liebe, musste sie sich eingestehen. Auch das Gespräch mit André, der wie ein vertrauter Freund im Zug neben ihr gesessen hatte, beschäftigte sie. Sie hatte ihm mehr verraten, als man gewöhnlich einem Fremden anvertraut. Und doch war es nur die halbe Wahrheit gewesen. Niemandem würde sie von den drei Tagen und Nächten erzählen können, die sie am Bett ihres sterbenden Vaters verbracht hatte.

Er lag im Koma, die Augen geschlossen und an Schläuche angeschlossen. Mia saß fast ununterbrochen bei ihm und schaute ihm beim Atmen zu. Mühsam rang er Atemzug um Atemzug nach Luft und Mia dachte, er würde einfach aufhören, wenn sie das Zimmer verließ. So blieb sie bei ihm und huschte nur mal kurz zur Toilette oder ging raus, um sich ein Sandwich aus dem Automaten zu ziehen.

Es war am dritten Tag nach dem Schlaganfall. Draußen begann es zu dämmern und die Konturen in dem karg eingerichteten Krankenzimmer verschwammen. Der Fernsehbildschirm, der an der Wand hing, wurde zu einem schwarzen Viereck und der billige Blumendruck verwandelte sich in einen undefinierbaren Farbfleck. Mia fragte sich, wie lange sie noch durchhalten würde. Sie fühlte sich erschöpft, so als würden schwere Gewichte an ihren Gliedern hängen. Doch sie erlaubte sich nicht, ihre Augen von ihrem Vater zu wenden, da sie befürchtete, dass nur ihr Blick ihn dazu brachte weiterzuatmen.

Plötzlich sah sie seine Augenlider flattern. Die Finger der rechten Hand bewegten sich leicht wie zu einem Klavierspiel. Sekunden später öffnete er die Augen. Sein Blick ging in die Weite und fand dann ihr Gesicht.

„Mia“, murmelte er.

Ein kleines, mühsames Lächeln spielte um seinen Mund. Tränen füllten ihre Augen und liefen langsam ihr Gesicht herunter wie geschmolzener Schnee auf einer Fensterscheibe.

„Papa! Papa, wie geht es dir? Ich bin hier und passe auf dich auf.“ Sie wusste, dass ihre Worte keinen Sinn ergaben, aber nicht zu reden wäre noch bedrückender gewesen.

„Mia, ich habe nicht mehr viel Zeit. Ich muss dir etwas sagen. Komm näher."
Die Stimme ihres Vaters war sehr leise. Mia merkte, wie viel Mühe es ihm bereitete zu reden. Sie rückte ihren Stuhl näher an ihn heran und hielt ihr Ohr dicht vor seinen Mund.
„Ich habe nicht mehr viel Kraft, meine über alles geliebte Mia. Doch es ist etwas passiert, das du wissen musst, wenn ich gegangen bin. Geh hoch auf den Speicher, da findest du einen Brief. Ich habe alles aufgeschrieben."
„Papa, nein, du sollst bei mir blieben." Mia weinte still und strich mit ihren Fingern über die blasse, eingefallene Wange ihres Vaters. Er wirkte so zerbrechlich, dass sie sich nicht traute, ihn in den Arm zu nehmen.
„Mia, meine Zeit ist zuende. Doch du musst die Wahrheit erfahren. Lies den Brief und versprich mir, dass du nach Venedig fährst. Du bist die Einzige, die verstehen und vielleicht vergeben kann. Nur du hast die Macht, diese schreckliche Wunde zu heilen."
Die Stimme ihres Vaters war immer leiser geworden. Die letzten Worte waren nur sehr schwach an ihr Ohr gedrungen und doch brannten sie sich in ihr Herz.

„Papa, bitte …“, Mia flüsterte flehend und wusste doch, dass es zwecklos war. „Ich verspreche es, Papa. Ich verspreche es dir …“
Wieder lächelte ihr Vater dieses kleine Lächeln. Dann schloss er die Augen und Mia wusste, dass es nicht mehr lange dauern würde, bis er seinen letzten Atemzug tat.

***

Mia erzählte niemandem von diesen letzten wachen Minuten ihres Vaters. Sie erzählte auch niemandem, nicht einmal Henriette, von dem Brief, den ihr Vater für sie hinterlassen hatte. Es musste einen Grund geben, warum ihr Vater etwas verschwiegen hatte, was selbst Mia erst nach seinem Tod erfahren sollte. Sie wollte sein Geheimnis, was immer es war, allein aufdecken. Sie würde nach Venedig fahren und das Versprechen halten, dass sie ihrem Vater auf dem Sterbebett gegeben hatte.
Ihr Vater starb in der Nacht nach ihrem Gespräch. Mia blieb bis zuletzt bei ihm und saß noch bis zum frühen Morgen an seiner Seite. Sie müsse erst einmal schlafen, bedrängten sie die Krankenschwestern. Und so lief Mia in der kalten Morgenluft nach Hause. Ja, sie musste

schlafen, das wusste sie selbst. Doch erst würde sie den Brief suchen.
Sie war lange nicht auf dem Speicher im Haus ihres Vaters gewesen. Es roch nach feuchtem Papier und Staub. Durch das von Fliegendreck verschmutzte kleine Fenster drangen in paar Sonnenstrahlen und warfen ein Muster aus leuchtenden Punkten auf die Holzdielen. Der Boden knarrte bei jedem Schritt. Das Geräusch erschien ihr überlaut. Mia meinte, die Nachbarn müssten davon aufwachen, zumindest aber Henriette, die in der Etage unter dem Dachboden schlief. Doch nichts geschah. Nur ein paar schnelle Trippelgeräusche verrieten ihr, dass die Mäuse zurückgekehrt waren.
Mias Augen glitten suchend über all die Hinterlassenschaft, die sich während der Jahre angesammelt hatten. Alte Koffer, manchen schon mit Schimmelflecken, Eimer mit Farbe, die sicher längst eingetrocknet war und vergilbte Kunstbände, die unordentlich aufeinander gestapelt herumlagen. Ihr Blick blieb an einigen Tintoretto-Bänden hängen, die anders als die anderen Buchstapel nicht von einer dicken Staubschicht bedeckt waren. Ihr Vater musste sie vor nicht allzu langer Zeit in der Hand gehalten haben. Der oberste Band zeigte auf dem Titelblatt eine üppig gebaute Frau mit

schneeweißer Haut, gekleidet in ein tintenblaues Kleid, die eine auffällige Kette um den Hals trug. Mia war sich plötzlich sicher, dass sie in diesem schweren Folianten den Brief ihres Vaters finden würde. Sie schlug den Buchdeckel auf und roch den feuchten Duft von altem Papier. Das erste Blatt mit einer verblassten, unleserlichen Widmung wölbte sich leicht. Mia fuhr mit der Hand darüber und wusste gleich, dass darunter ein Brief versteckt war. Es musste ihr Brief sein.

Ungeduldig schlug sie die Seite um. Vor ihr lag ein länglicher, elfenbeinfarbener Umschlag, der in der schwungvollen Handschrift ihres Vaters mit den Worten „An Mia" beschriftet war. Fein und in Druckbuchstaben darunter, so als wollte ihr Vater diese unfassbare Botschaft möglichst schonend formulieren, las Mia: „Bitte erst öffnen, wenn ich von euch gegangen bin."

Eine Botschaft ihres Vaters, der vor wenigen Stunden die Augen für immer geschlossen hatte. Mia fühlte gleichzeitig Freude und Panik. Sie griff nach dem Brief, riss den Umschlag auf und zog einen mit Tinte geschriebenen zweiseitigen Brief heraus. Er musste schon älter sein, denn die blaue Tinte begann, an einigen Stellen zu verblassen.

Mia ging ein paar Schritte Richtung Dachbodenfenster. Sie glitt mit dem Rücken langsam die Wand herunter und hockte sich mit angezogenen Knien auf den Dielenboden. Staubkörnchen umtanzten sie in einem Sonnenstrahl, der ihr Licht gab und sie begann zu lesen.

Meine geliebte Mia,

wenn du diese Zeilen liest, weile ich nicht mehr unter euch.
Ich schreibe dir diesen Brief, weil ich dir nie viel über deine Mutter Anna-Giulia und unsere gemeinsame Zeit in Venedig erzählt habe. Es war mir unmöglich, über die tragischen Umstände zu sprechen.
Ich war zudem der Meinung, dass man die Vergangenheit ruhen lassen sollte. Doch letztlich muss ich dir die Entscheidung überlassen, ob du auf Spurensuche gehen möchtest.
Wenn du mehr erfahren willst, dann fahr nach Venedig – doch du musst wissen, es kann mit Gefahren für dich verbunden sein.

Melde dich in Venedig bei meinem alten Freund, dem Kunsthändler Bruno Gotto. Er wird dir weiterhelfen.
Pietro, dein Papa, der dich immer lieben wird

Im Umschlag fand Mia außerdem eine Anleitung. Sie sollte in Venedig in die Scuola Grande di San Rocco gehen und auf einem Tintoretto-Gemälde eine Zahlenkombination suchen. Diese würde ihr helfen, einem Geheimnis auf die Spur zu kommen.

3

Mia tastete in ihrer Handtasche nach dem Umschlag mit dem Brief und der Anleitung. Das war der eigentliche Grund, warum sie diese Reise machte. Sie musste das Versprechen halten, das sie ihrem Vater gegeben hatte. Und sie musste einem unbekannten und beunruhigenden Geheimnis auf die Spur kommen. Einem Geheimnis, das spürte sie mit allen Fasern ihres Körpers, das ihr Leben verändern würde. „Es kann mit Gefahren verbunden sein …“, hallte die Warnung ihres Vaters durch ihren Kopf. Sie würde sich diesen Gefahren stellen müssen.
Mia verscheuchte die dunklen Gedanken und zog den Reiseführer hervor, den sie für ihre Venedigfahrt gekauft hatte. Schon beim Blättern kam die gute Laune zurück und sie begann in Aktivitäten zu schwelgen, die vor ihr lagen. Nur gut, dass sie vor zwei Jahren einen italienischen Sprachkurs gemacht hatte. Das würde ihr helfen, sich zurechtzufinden. Venedig begann, sie in den Bann zu ziehen.
Ihr Regionalzug von Trenitalia erreichte die Lagune von Venedig. Die Sonne ging hinter einem Dunstschleier unter und tauchte die alten

Türme und mächtigen Palazzi in ein goldenes Licht. Ein paar Boote dümpelten schemenhaft im Wasser. So musste es auch schon vor Hunderten von Jahren ausgesehen haben, als die Venezianer vom Festland oder nach einem kriegerischen Beutezug durchs Mittelmeer auf ihre Laguneninsel zurückkehrten. Mias Herz klopfte. Sie würde in diese Stadt eintauchen und all ihre Geheimnisse entdecken.

„Mein Sohn holt dich am Bahnhof Venezia Santa Lucia ab“, hatte der Kunsthändler Bruno Gotto, der alte Freund ihres Vaters, am Telefon gesagt. Er war offenbar nicht sehr überrascht, dass sie anrief und nach Venedig kommen wollte.

„Du musst den Code mitbringen, sonst kann ich dir nicht weiterhelfen“, hatte er ohne Umschweife erklärt. „Du weißt schon, die Zahlenkombination. Dein Vater hat dir ja hinterlassen, wo du sie finden kannst.“

Mia fand Bruno nicht sehr sympathisch. Sie hoffte, dass der Sohn ein wenig zugänglicher sein würde als sein muffeliger Vater. Es war schon dunkel, als der Zug am Bahnhof hielt. Außer ihr stiegen nur ein Pärchen und eine ältere Dame mit einem Einkaufsshopper aus. Auf dem Bahnsteig wartete ein einzelner Mann. Das musste Brunos Sohn, Davide Gotto, sein.

Davide blieb unbeweglich stehen, bis Mia bei ihm war. Er schaute nur kurz auf. „Ciao, du bist Mia“, stellte er fest und griff nach ihrer Reisetasche, bevor sie etwas sagen konnte. Er schien nicht übermäßig erfreut, sie zu sehen. Auf sein Äußeres legte er offenbar auch wenig Wert. Seine letzte Rasur lag schon ein paar Tage zurück. Ein dunkler Schatten überzog sein Gesicht. Ein gepflegter Dreitagebart war das jedenfalls nicht mehr. Eine Locke seines tiefschwarzen Haares hing ihm in die Stirn. Die Augen waren von einem undurchdringlichen Grün. Er wirkte mürrisch.
„Willst du zu Fuß gehen oder lieber mit dem Vaporetto, fahren? Beides dauert etwa 20 Minuten.“
Mia beschloss, sich von Davides ablehnendem Verhalten nicht die Laune verderben zu lassen. Vaporetto klang aufregend und so entschied sie sich für das Wassertaxi. Davide eilte vorweg, sie hetzte auf dem Bahnsteig hinter ihm her. Kaum verließen sie den Bahnhof, fühlte Mia sich wie in einen mittelalterlichen Film versetzt. Vor ihr lag dunkel schimmernd der Canale Grande. Sein Wasser plätscherte gemächlich gegen die steinerne Pier. Auf der Steinmauer saßen Menschen, lachten, tranken und schauten aufs Wasser. Davide drängte zum Ufer. „Am besten

kaufst du eine Wochenkarte, das ist billig und du kannst überall hinfahren, auch zum Lido oder nach Burano. Toll dort, lauter knallbunte Häuser und viele Kunstglasbläser, kann ich dir nur empfehlen", sagte Davide.

Der wird ja geradezu gesprächig, bemerkte Mia. Doch Davide verstummte sofort wieder. Mia war das egal. Sie genoss das Treiben um sich herum und beobachtete die Boote, die auf dem Wasser hin- und herkreuzten.

Wie aus dem Nichts legte plötzlich das Vaporetto an. Ein Metallgitter wurde scheppernd beiseitegeschoben und eine Schar von Passagieren drängte aufs Boot. Zack, knallte das Gitter wieder zu und los ging die Fahrt Richtung Lagune. „Das ist hier das öffentliche Verkehrsmittel, deshalb muss alles schnell gehen", sagte Davide.

Sie fuhren bis zur Station S.Alvice. Der Himmel hatte sich zugezogen. In der Ferne ballten sich düstere Wolken und der Himmel schimmerte violett. Ein Blitz fuhr hernieder, fast unmittelbar gefolgt von einem krachenden Donnerschlag, sodass Mia instinktiv ein wenig näher an Davide heranrückte.

Als sie an der Station S. Alvice ankamen, schüttete es wie aus Eimern. Toller Empfang, dachte Mia. Wollte die Stadt ihr etwa zeigen, dass sie nicht willkommen war? Davide zog sich den Hemdkragen halb über den Kopf, schob Mia von Bord und rannte geradewegs in eine schmale Gasse. „Sind nur 300 Meter“, rief er und winkte ihr ungeduldig.

Sie erreichten ein sandfarbenes Gebäude mit schmiedeeisernen schmalen Balkonen und rostroten Fensterläden, von denen die Farbe abblätterte. Das Haus schien gut in Schuss, war aber mit der Patina versehen, die Venedigs Häuser so geheimnisvoll und anziehend machte. Die Haustür war unscheinbar. Davide gab eine Zahlenkombination auf einem Tableau ein. Die Tür schwang auf und gab den Blick auf ein gepflegtes Treppenhaus frei.

„Du wohnst im zweiten Stockwerk“, sagte Davide, „da hat unsere Familie eine Wohnung, die wir gelegentlich über Airbnb vermieten.“

Hoffentlich keine Bruchbude, dachte Mia. Doch ihre Bedenken waren unnötig. Die Wohnung war toll, stellte sie fest, als Davide die Tür öffnete. Das Wohnzimmer mit moderner Küchenzeile hatte bodentiefe Fenster zu zwei Seiten. Offenbar war hier ein Innenarchitekt am Werk gewesen. Schlichte Möbel im Scandi-Style und helle, freundliche Farben sorgten für eine Wohlfühlatmosphäre. Für das nötige Flair sorgten eine Biedermeier-Kommode und ein

Kristalllüster über einem kleinen Esstisch, der von sonnengelben Metallstühlen umringt war. Dazu gab es ein Schlafzimmer mit Blick auf einen kleinen Park, ein modernes Bad und ein Studio mit einem gemütlichen dunkelroten Ohrensessel aus Leder, der sich in eine Ecke kuschelte. Alte venezianische Zeichnungen in bunten Rahmen überzogen eine Wand wie ein Mosaik. Das fühlt sich nach einem echten Zuhause an, dachte Mia und schielte nach der Weinflasche, die zusammen mit Rosmarin-Grissinis als Willkommensgeschenk auf dem Esstisch stand.

„Eigentlich müsste ich erst einmal etwas essen", murmelte Mia vor sich hin. Davide versuchte gerade die Holzläden am Fenster zu schließen und reagierte nicht. Mia musterte ihn verstohlen. Er hatte eine gute Figur, war mittelgroß, schien sportlich und durchtrainiert. Als er nach oben griff, um den Fensterladen festzuhaken, spannten sich seine Muskeln unter dem schlichten weißen T-Shirt. Seine Bewegungen waren gleichzeitig sicher und doch lässig.

Als hätte er gemerkt, dass sie ihn beobachtete, drehte Davide sich langsam um und schaute sie mit seinen dschungelgrünen Augen an. Er seufzte fast unhörbar. „Wenn du nach der langen Reise Hunger hast, können wir um die Ecke noch schnell etwas essen gehen.“ Dabei schaute er schon wieder stirnrunzelnd den Holzladen an, der klemmte.

Mia war sich nicht sicher, ob sie mit diesem Davide, der offenbar keine Lust auf sie hatte, tatsächlich ihren ersten Abend in Venedig verbringen wollte. Aber sie war wirklich hungrig und nicht erpicht darauf, sich in der Dunkelheit allein auf die Suche nach einem Restaurant zu machen. Okay, sagte sie also und eilte zur Haustür, um keine peinliche Situation entstehen zu lassen.

Es hatte aufgehört zu regnen. Sie liefen durch schmale, ausgestorbene Gassen. Dann ging es über einen kleinen Platz und eine Holzbrücke in eine weitere noch engere Gasse, über die sich ein paar Wäscheleinen spannten. Mias Schuhe klackerten auf den Steinen. Sie fühlte sich ein wenig unwohl. Alles war so still und dieser Davide neben ihr war ihr nicht geheuer. Dann sah sie Licht am Ende der Gasse und hörte Menschen reden und lachen.

„Wir kommen jetzt an die Fondamenta de la Sensa“, erklärte Davide. „Wir sind hier im Stadtviertel Cannaregio, es ist nicht so touristisch hier. Die Einheimischen und Touristen, die sich auskennen, treffen sich abends gerne an der Promenade am Rio della

Sensa. Eine Promenade am Kanal heißt bei uns Fondamenta."

Okay, okay, dachte Mia. Ein kleiner Lehrmeister also, unser Davide. Doch sie war froh, dass um sie herum Leben war und dass ihr Begleiter offenbar den Mund wieder aufbekam.

Davide steuerte auf die Osteria Ai 40 Ladroni zu. Sie ergatterten einen kleinen Zweiertisch direkt an dem schmalen Kanal. Dicht an dicht lagen Mini-Boote an der Kaimauer. Eine sanfte Brise zog von der Lagune herüber. Es duftete nach Sommer, nach dem leichten Parfüm der Frauen und nach frisch gebratenem Fisch aus der Restaurantküche.

Mia war von der Speisekarte überfordert und so bestellte Davide für sie beide einen großen Teller mit Cicchetti. „Die Touristen nennen sie Tapas, aber in Venedig musst du Cicchetti sagen, sonst riskierst du einen dummen Spruch", sagte er.

Egal wie sie hießen, sie schmeckten Mia köstlich. Da gab es Häppchen mit Ei und Sardellen, gefüllte Oliven, panierten Mozzarella, frittierte Kürbisblüten und Crostinis mit Trüffelaufstrich. Dazu bestellten sie einen „Ombra". „Ombra heißt Schatten", klärte Davide sie auf. „Wenn man das bestellt, bekommt man ein kleines Glas Wein als flüssigen Begleiter zu den kleinen Häppchen."

Erst aßen und tranken sie schweigend, doch dann entspann sich zwischen ihnen ein lockeres Geplaudere über Reisen, gutes Essen und die interessantesten Museen auf dem Kontinent. Mia stellte fest, dass Davide zumindest kein Langweiler war und er zu vielen Themen eine fundierte Meinung besaß.

Während sie sich angerecht unterhielten, spürte Mia plötzlich einen Anflug von Glück. Es war lange her, dass sie sich so unbeschwert gefühlt hatte. Genau genommen nicht mehr seit dem Tod ihres Vaters. Sie genoss die milde Luft, das Lichtspiel der Laternen auf dem Kanal und das Reden und Lachen der Menschen um sie herum, das wie eine fröhliche Begleitmusik klang.

Nur Davide gab ihr weiterhin Rätsel auf. Sie blickte ihn an und erhaschte einen Ausdruck, den sie noch nicht kannte. Er schaute gedankenverloren, sanft und … ja, es war auch Traurigkeit in seinem Blick. Steckte in ihm mehr, als er nach außen zeigte? Mia fühlte sich plötzlich hingezogen zu diesem attraktiven, aber auch geheimnisvollen Mann mit den unergründlichen Augen.

„Mia, danke, es war ein schöner Abend", sagte Davide mit einer Spur von Sanftmut und gab damit das Zeichen zum Aufbruch. „Ich bring dich noch schnell über die beiden Brücken bis nach Hause. Venedig kann am Anfang wie ein Labyrinth wirken. Da verläuft man sich schnell."

Auf dem Rückweg legte sich wieder Schweigen zwischen sie. Doch es fühlte sich nicht mehr unangenehm an, eher wie eine stille Verbundenheit. Mia war hundemüde und wollte nur noch ins Bett. An der Haustür ihres Appartementhauses gab Davide ihr den Zahlencode, um die Tür zu öffnen. Er zögerte und schrieb ihr dann auch noch seine Mobilnummer auf. „Schreib mir, falls du Schwierigkeiten hast", sagte er, berührte sie leicht am Arm und verschwand.

Wieso Schwierigkeiten? Doch Mia war viel zu müde, um sich komplizierte Gedanken zu machen. Sie lief die Treppen hoch, öffnete die Tür zu ihrem wunderbaren Appartement und fand sehr bald den Weg ins Bett.

4

Mia fiel sofort in einen Tiefschlaf. Traumlos, bis sie in der Morgendämmerung von den Müllleuten geweckt wurde, die unten in der Gasse die Plastiktüten aufsammelten. Sie schloss die Fenster und dämmerte noch einmal weg. Unruhige Gedanken verfolgten sie. Da war der freundliche André aus dem Zug, der sich wundersamerweise mit Tintoretto auskannte. Sogleich erschien ihr auch das Antlitz ihres Vaters, der sie mit einem Ausdruck von Strenge und großem Schmerz anschaute. Es huschten Szenen aus ihrer Kindheit in Lima durch ihre Gedanken und auch Bilder ihrer Jugend aus Hamburg. Dann war da wieder diese Frau. Ihre Augen waren schmerzerfüllt und sie lag in den Armen einer Alten, deren Gesicht von einem Tuch verdeckt war. Auch Davide drängte sich in ihre Träume. Er stand am Ende eines großen Saales voller üppiger Renaissance-Gemälde. Sie winkte, doch er schien sie nicht sehen zu wollen und verschwand.

Ein Sonnenstrahl stahl sich durch die Holzläden vor den Fenstern, neckte Mia und brachte sie schließlich dazu, die Augen aufzuschlagen. Schnell schüttelte sie alle unheimlichen

Gedanken ab. Ich bin in Venedig, jubilierte sie innerlich. Schwungvoll sprang sie aus dem Bett und machte bei offenem Fenster ein paar Yogaübungen. Die Küchenzeile in ihrem schicken Appartement offenbarte eine Nespressomaschine und einer ihrer Vormieter hatte tatsächlich ein paar passende Kapseln hinterlassen. Bald gurgelte die belebende, duftende Flüssigkeit in einem Henkelbecher. Zusammen mit einem zerdrückten Croissant und einer Banane, die von der Fahrt übrig waren, schien ihr das als perfektes Frühstück.

Mia war voller Tatendrang und beschloss, sich gleich heute aufzumachen, um den geheimnisvollen Zahlencode ihres Vaters zu finden. Sie kramte die Anleitung aus ihrer Tasche und verscheuchte die traurigen Gedanken, die sie beim Anblick der Handschrift ihres Vaters überfielen. Er würde ihr nie wieder schreiben. Sie solle in die Scuola Grande di San Rocco gehen, las sie. Was sollte das sein? Zeit für ihren Reiseführer.

Die Scuolas, so wurde dort erklärt, entstanden im 16. Jahrhundert als Laienbruderschaften, die sich unter den Schutz eines Heiligen stellten und karitative Aufgaben übernahmen. San Rocco gehörte zu den reichsten Bruderschaften Venedigs. Ihr Schutzpatron, der heilige Rochus

von Montpellier, hatte einst Pestkranken geholfen. Als dann diese verheerende Seuche in Venedig wütete, widmete sich die Scuola Grande di San Rocco der Pflege der Kranken.
Die Scuolas, die von schwerreichen venezianischen Kaufleuten betrieben wurden, verfügten über schier unbegrenzte Mittel. Sie verpflichteten die besten Künstler der Lagunenstadt, um ihre Paläste auszuschmücken. Tintoretto, ein heißblütiger und charismatischer Maler, der schon zu Lebzeiten für Furore sorgte, war auserkoren, die Scuola Grande di San Rocco mit seinen Werken zu verschönern.
Mia war elektrisiert von dieser Geschichte und bereit, sofort loszustürmen. Ihr Vater kam ihr in den Sinn, der stets ins Schwärmen geriet, wenn er von seiner Arbeit und den alten Meistern erzählte. Auch Mia hatte festgestellt, dass sie davon in den Bann gezogen wurde. Sie hatte als Art-Directorin einen tollen Job, der ihre Freunde und Bekannten neidisch werden ließ. Doch sie fühlte auch eine Leere und hatte in der letzten Zeit damit geliebäugelt, einfach auszusteigen und ein Studium der Kunstgeschichte zu beginnen.
Ihr Freund Felix, mit dem sie seit zwei Jahren eine unaufgeregte und, wenn sie aufrichtig war, etwas langweilige Beziehung führte, hielt das

für Flausen, die sie sich aus dem Kopf schlagen sollte. Ihre geschätzte Stiefmutter Henriette hatte auf ihre Pläne wie immer freundlich reagiert, doch gemurmelt: „Überleg dir das gut."

Wenn Mia ehrlich war, hatte sie sich auch zu dem Trip nach Venedig entschlossen, um herauszufinden, ob ein Studium der Kunstgeschichte nur eine ihrer kurzlebigen Ideen war oder ob dahinter ein tiefergehender Wunsch steckte. Doch nun schob sie die ganzen komplizierten Gedanken beiseite und konzentrierte sich auf ihr Handy. Das Navi würde ihr sagen, wie sie von ihrer Wohnung zur Scuola Grande di San Rocco käme.

Sie könnte sich zu Fuß durch die verwinkelten Gassen schlagen oder sich auf dem Wasser mit dem Vaporetto nähern. Für ihren ersten Ausflug, das war klar, musste es eine Fahrt auf dem Canale Grande sein. Sie packte ihre Tasche, steckte die Anweisung ihres Vaters ein und versicherte sich, dass sie ihre Wochenkarte für die Vaporettos dabeihatte. Schnell dankte sie Davide im Geiste für den Tipp.

Venedig war ein Angriff auf alle Sinne. Gassen, so schmal, dass sie fast Platzangst bekam, wechselten sich mit prächtigen Plätzen, gerahmt von Kirchen und Palästen ab. Mal tauchte man ins Dunkle ab, dann wieder schlenderte man an

Kanälen entlang, an denen sich Café an Café reihte. Manchmal geriet Mia auf breite Wege, auf denen sich kamerabehängte Touristen drängelten, dann wieder war sie allein inmitten dieser steinernen Palazzo-Schönheiten. Die Jahrhunderte schienen zu verschmelzen. Wie eh und je fand alles Fortkommen auf den Kanälen statt. Autos, diese blechernen lärmenden Ungetüme, hatten Venedig einfach nicht erobern können. Daran könnten sich Hamburg gerne mal ein Vorbild nehmen.

Schließlich landete Mia an einer Vaporetto-Station und zwängte sich zwischen Einheimischen und Touristen aufs Boot. Palazzo an Palazzo reihte sich am Canale Grande aneinander. Wie eitle Diven stellten sie sich zur Schau und erzählten von der 1000jährigen Vergangenheit dieser Stadt. An manchen Palästen nagte ganz offensichtlich der Zahn der Zeit, andere wiederum waren von ihren Besitzern liebevoll restauriert worden. Hin und wieder zweigte eine venezianische Gondel mit Touristen an Bord aus einem schmalen Kanal auf die Hauptwasserstraße. Transportboote und schnittige Yachten kämpften um den begrenzten Platz auf dem Kanal. Touristen hielten ihre Handys in die Luft und filmten die Szenerie. Venezianer schauten unbeteiligt in die Gegend

und sprangen an den Stopps aus den Wassertaxis, ohne ihre Umgebung eines Blickes zu würdigen.
Ehe Mia sich versah, war sie an der Station San Toma angelangt und wurde mit einer Gruppe von Touristen von Bord gespült. Sie lief, geleitet von ihrem Navi, durch die Gassen des Sestiere San Polo und landete schließlich an der Scuola Grande di San Rocco. Ein prächtiger Bau aus hellem Stein mit mächtigen Säulen und Rundbogenfenstern, die sich unter steinerne Giebel duckten. Die eigentliche Sensation, so hatte Mia schon im Reiseführer gelesen, verbarg sich aber im Inneren der Scuola. An die sechzig riesige Wand- und Deckengemälde von Jacopo Tintoretto waren dort zu sehen und machten die Scuola Grande di San Rocco zur wahrscheinlich größten Ausstellung venezianischer Malerei schlechthin.
Das klang verheißungsvoll, doch als Mia den Prachtbau betrat, erkannte sie, dass die Wirklichkeit die Beschreibung noch bei Weitem übertraf. Sie vergaß für ein paar Minuten die Mission ihres Vaters und ließ sich treiben. Erst hinein in den Sala Terrana mit den riesigen Wandgemälden, dann über die pompöse Treppe hinauf in das Herzstück der Scuola: den gigantischen großen Saal. Die schiere Größe und

Pracht der Gemälde zog sie komplett in den Bann. Viele Stunden müsste man hier zubringen, um allein die Decke mit ihren 21 Gemälden und den goldverzierten Umrahmungen und Reliefen in ihren Details zu betrachten.

Mia blieb mitten in dem Saal stehen, legte den Kopf weit in den Nacken und bemerkte gar nicht, dass ihr die Tasche von der Schulter geglitten war. Der Inhalt hatte sich auf den Marmorboden ergossen.

„Hey, du hast deine Tasche fallen gelassen“, drang ihr eine Stimme mit amerikanischem Akzent ans Ohr. Nur langsam kam Mia wieder in der Wirklichkeit an. Sie blickte geradeaus, direkt ins Gesicht eines fröhlich lachenden Kerls mit blassblauen Augen und verwuschelten dunkelblonden Haaren.

„Sorry, ich bin Dylan und du?“

„Ich heiße Mia“, entgegnete sie und fragte sich gleichzeitig, warum sie einem Fremden eigentlich ihren Namen verriet.

„Well, das ist beeindruckend, stimmt’s?“

Mia nickte nur und rieb sich den Nacken, der ihr vom Hochstarren schmerzte.

„Tintoretto. Ein crazy guy aus dem 16. Jahrhundert. Hatte zwar bei Tizian gelernt, missachtete aber alle Konventionen. Ein enfant

terrible. Impressionismus, Expressionismus, ja sogar Elemente der abstrakten Malerei nahm er einfach vorweg."
Schon wieder ein Tintoretto-Kenner, wunderte sich Mia. Aber dieser Dylan schien Ahnung zu haben und erzählte interessant.
„Die Scuola Grande di San Rocco lud damals im 16. Jahrhundert mehrere Maler ein, sich mit ihren Ideenskizzen um die Gestaltung der Innenräume zu bewerben. Tintoretto war ein Draufgänger und Schnellmaler. Er brachte zum Bewerbungstermin gleich ein fertiges Gemälde mit und bekam so den Auftrag."
Während Dylan über Tintoretto referierte, begann er, vom Boden die Habseligkeiten aufzusammeln, die aus ihrer Tasche gekullert waren. „Hey Mia, was sind das denn für geheimnisvolle Briefe, mit echter Tinte geschrieben, scheint mir. Ihr Europäer seid so liebenswert old school."
Mia ärgerte sich ein bisschen über diese herablassende Bemerkung, aber erlag dann doch dem Charme von Dylans jungenhaftem Lachen.
„Das ist eine Anleitung. Ich muss hier eine Zahlenkombination finden."
Mia biss sich auf die Zunge, dass sie diese Information preisgab. Andererseits konnte dieser Dylan mit ein paar Zahlen nun wirklich nichts

anfangen. Sollte er ihr einfach mal helfen, den Code zu entdecken. Schließlich kannte er sich mit den Tintorettos hier aus.

„Die Zahlen findest du im Gemälde `Der Bethlehemitische Kindermord` versteckt“, zitierte Mia aus der Anleitung ihres Vaters. Sie seien übrigens spiegelverkehrt geschrieben, hatte ihr Vater noch erwähnt. Aber das verriet sie Dylan nicht.

„Dieser Tintoretto wird auch `Das Massaker der Unschuldigen‘ genannt“, dozierte Dylan, „well, ein echt düsteres Gemälde. Ich führe dich hin.“

Sie fanden das Bild unten im dreischiffigen Erdgeschoss-Saal mit seinen prächtigen Säulenreihen. Mia fühlte sich wie erschlagen von dem riesigen Werk, das in seiner Gänze harmonisch wirkte und doch eines der grausamsten Geschehnisse zeigte, das man sich denken konnte. König Herodes hatte angeordnet, alle männlichen Kleinkinder in Bethlehem zu töten, da Sternendeuter erklärt hatten, dass unter ihnen Jesus von Nazareth, der König der Juden, sei. Dieses Bild hatte ihr Vater also ausgesucht, um ihr darin einen Zahlencode zu hinterlassen. Wollte er ihr etwa Angst machen oder spiegelte dieser Tintoretto seine eigene düstere Stimmung?

Die Gemälde waren frei zugänglich und so näherte Mia sich dem Tintoretto. Sie gab sich Mühe, die grausamen Szenen zu ignorieren, in denen Mütter in unendlicher Verzweiflung versuchten, ihre totgeweihten Kinder zu schützen. Wie sollte sie in diesem in dunklen Farben gehaltenen Ölschinken ein paar Zahlen entdecken? Unten links, hatte ihr Vater geschrieben, solle sie suchen und so ging Mia dichter an das Bild heran. Die Konturen der dargestellten Figuren verschwammen und lösten sich in farbige Ölkleckse auf. Mia starrte auf einen bleichen Fleck in der linken Ecke. Es war die Hand einer Frau, die sich auf dem Boden abstützte. Als würde sie mit einer Lupe schauen, entdeckte Mia kleine Farbtupfer aus Weiß und Braun. Sie führte ihre Augen weiter nach rechts und fand zwei winzige runde Kreise, in dunkler Farbe gemalt. Was sollte das sein? Mia zwinkerte und versuchte, ihren Blick scharf zu stellen. Die Kreise fügten sich zusammen. Sie wurden zu einer Acht! Das musste der Code sein! Und tatsächlich formten sich weitere Zahlen. Der Code stand plötzlich winzig klein, aber ganz klar vor ihren Augen: 82150.

Mia atmete flach. Sie hatte die Botschaft ihres Vaters erhalten. Einen Gruß, den er ihr schon vor sehr vielen Jahren hinterlassen hatte. Warum nur? Was würden ihr diese Zahlen bringen? Hoffentlich nicht das Unheil, das dieses Tintoretto-Gemälde ausstrahlte. Aus den Augenwinkeln sah sie, wie sich einer der Wärter näherte, die zur Kontrolle in der Scuola herumliefen. Sie hatte sich sicher verdächtig gemacht, weil sie fast mit der Nasenspitze an einem der wertvollen Kunstwerke hing. Geistesgegenwärtig griff sie nach ihrem Handy. Schnell machte sie ein Foto von dem Code und hoffte, dass der Kontrolleur das Klicken nicht hören würde. Glücklicherweise drehte er ab, als Mia sich erhob und einen Schritt von dem Gemälde zurücktrat. Sie fühlte sich euphorisch, als hätte sie einen Schatz gefunden. Einen Schatz, dessen Wert sie nicht kannte und von dem sie nicht wusste, ob er ihr Freud oder Leid bringen würde.

„Hey Mia, hast du deine Zahlen entdeckt?“, hörte sie Dylan fragen und erwachte wie aus einem Traum. Ihre Suche nach dem Code war ihr wie eine kleine Ewigkeit vorgekommen, hatte aber wahrscheinlich nur wenige Minuten gedauert. Sie drehte sich um und blickte in das freundlich grinsende Gesicht des Amerikaners. Offenbar hatte er die ganze Zeit hinter ihr gestanden und ihr bei der Suche zugeguckt. Er musste sie für vollkommen verrückt halten.

Doch das war ihr egal. Sie wollte nur raus aus dieser düsteren Welt der übermächtigen Gemälde mit ihren furchterregenden biblischen Szenen. „Schnell weg hier“, forderte sie Dylan auf. Sie hatte keinen Blick mehr für die erhabene Schönheit des Saals, wollte nur noch zum Licht, die Sonne sehen, um die dunklen Gedanken zu verscheuchen. Fast rannte sie eine alte Frau um, die in der Eingangstür stand. Sie hatte einen Schal um ihren Kopf geschlungen und hielt ihre Hand zum Betteln hin. Dylan schien Mitleid zu haben und steckte ihr etwas zu.

5
Der Unbekannte

Sie war da, verdammt. Schon immer war es seine größte Befürchtung gewesen, dass Mia, die Tochter von Pietro und Anna-Giuglia da Lago, einmal zurückkehren würde. Vor fast 30 Jahren war sie zusammen mit ihrem Vater verschwunden und nie wieder aufgetaucht. Und das war gut so.

Für ihn hatte sich seither alles zu seiner Zufriedenheit entwickelt. Bald würde er von seinen Geldsorgen befreit sein und sich endlich das Leben leisten können, das er verdiente. Mehr noch. Er würde finanziell bis zu seinem Lebensende ausgesorgt haben. Und er würde endlich die gesellschaftliche Stellung und die Anerkennung genießen, die ihm als Angehöriger einer Patrizierfamilie zustand. Man würde seinen Rat einholen, ihn zu den wichtigen Events der High Society Venedigs einladen, ihn hofieren und ihn an Entscheidungen teilhaben lassen. Er bräuchte sich nicht mehr mit kleinen Gaunereien über Wasser halten. Er würde zu einem seriösen und geachteten Mitglied der Gesellschaft werden. Schon seit Jahren, genau genommen seit Jahrzehnten, träumte er davon.

Er hatte alles mit viel Geschick und Geduld eingefädelt. Das war eine Leistung, auf die er stolz war. Schon das bewies, dass er nicht der dumme Junge, das schwarze Schaf der Familie, war. Das Ziel seiner Wünsche lag in greifbarer Nähe.

Und nun kam ihm diese Mia in die Quere. Ein kleines, zugegebenermaßen hübsches Miststück. Sie wirkte sogar nett, aber diesen Gedanken durfte er nicht zulassen.

Sie war gefährlich für ihn. Gerade jetzt. Sie musste verschwinden, koste es, was es wolle. Gut, dass er Vorkehrungen getroffen hatte. Seine Zuträger hatten ihm gesagt, dass sie in der Stadt sei. Und dass sie offenbar irgendetwas suchte. Das klang nicht gut. Wer weiß, was ihr Vater, dieser verrückte Kunstnerd, ihr verraten hatte. Sie musste gestoppt werden. Er würde einen Warnschuss loslassen, der sich gewaschen hatte. Sicher würde sie in Panik geraten und abhauen, zurück nach Deutschland, wo sie hingehörte. Venedig war sein Revier.

Und wenn sie sich nicht vertreiben ließe? Ihm wurde heiß. Dann, dann … er wagte nicht, den Gedanken zu Ende zu führen. Aber eins wusste er: Er würde sich nicht wieder wie ein Fußabtreter behandeln lassen. Er würde das Ding dieses Mal bis zum Ende durchziehen.

6

Als Mia die düstere Scuola verlassen hatte und die Sonnenstrahlen auf ihrem Gesicht spürte, fühlte sie sich schlagartig besser. Was sollte dieser Panikanfall? Sie hatte nur ein paar Zahlen auf einem Gemälde entdeckt, so wie es ihr Vater gewollt hatte. Mit dem Code würde sie morgen zu Bruno gehen und dieses Rätsel wäre endgültig gelöst. Kein Grund also, sich Sorgen zu machen. Vielleicht steckte etwas ganz Banales dahinter. Eine kleine Schnitzeljagd ihres Vaters, der auch in ihrer Kindheit immer zu Versteckspielen und kleinen Neckereien aufgelegt war.
Sie blickte zu Dylan. Sehr sympathischer Kerl, fand sie und schlug vor, gemeinsam einen Cappuccino zu trinken. Er hatte schon wieder dieses jungenhafte und ein bisschen verwegene Grinsen aufgesetzt und Mia erschien das Leben plötzlich leicht und unbeschwert.
Sie landeten einen Katzensprung entfernt im Adagio, einer kleinen Bar mit einer beeindruckenden Weinauswahl und einer köstlichen Cicchetti-Theke. Bei Mia stellte sich auf der Stelle Hunger ein. Dylan und sie beschlossen, eine Lunch-Pause einzulegen. Bald

häufte sich eine bunte Mischung der kleinen venezianischen Snacks auf einem Teller zwischen ihnen.
„Was hat dich eigentlich nach Venedig verschlagen?“, wollte Mia von Dylan wissen.
„Kunststudium“, murmelte er mit vollem Mund und verschluckte sich fast an seinem Crostini mit Trüffelmayonnaise.
„Sorry, ich weiß ja, ihr Europäer legt viel Wert auf Tischmanieren“, erklärte er und setzte wieder sein Spitzbuben-Grinsen auf.
„Nun lass doch mal deine Sticheleien. So schlimm sind wir nun auch nicht.“
„Okay, okay, war nur Spaß. Ich studiere Geschichte an der Columbia University in New York. Zusammen mit einer Gruppe von Kommilitonen mache ich ein Auslandssemester in Europa. Zurzeit wie du siehst, sind wir gerade in Venedig und beschäftigen uns mit Politik und Handel im 16. Jahrhundert. Da kommt man um die Malerei und Mister Tintoretto natürlich nicht herum.“
Mia war beeindruckt und fragte sich einmal mehr, ob sie wirklich ihr Leben lang in einer Werbeagentur in Hamburg verbringen sollte. Plötzlich kam ihr dieser Job gar nicht mehr so schillernd vor, auch wenn ihre Freunde das offenbar anders sahen.

„Wie lange bleibst du in Venedig?“, hörte Mia sich fragen.
„Na, bei so netter Begleitung bleibe ich sicher noch ein paar Tage“, entgegnete Dylan schlagfertig. „Ich hoffe nur, dass meine Kommilitonen mich nicht zu sehr in Beschlag nehmen.“ Dabei zeigte er in Richtung eines Trüppchens junger Frauen und Männer, das sich angeregt redend und laut lachend näherte. „Sie waren im Leonardo da Vinci Museum, direkt gegenüber der Scuola Grande di San Rocco“, klärte Dylan sie auf.
Eine lebenslustige, bunte Schar, ging es Mia durch den Kopf. Die Jungs trugen kurze Cargohosen und lässige T-Shirts. Die Mädchen alles, was sexy und trendy war, vom ultrakurzen Blümchenkleid bis zur lässigen Latzhose.
„Hey guys“, rief Dylan rüber. „Come here and say hello. This is Mia from Germany.”
Sie kamen näher und begrüßten Mia wie eine alte Freundin. Mia verstand nicht genau, was die Truppe eigentlich besprach. Am Ende der munteren Diskussion verteilten Dylan und sie aber die Cicchetti an alle, bezahlten und zogen gemeinsam Richtung Gallerie dell’Accademia los. Noch mehr venezianische Malerei von Gotik bis Rokoko würde dort auf sie warten. Danach, so glaubte Mia aus dem amerikanischen

Kauderwelsch herauszuhören, wollten sie über die Ponte dell'Accademia Richtung San Marco laufen, um zum Sonnenuntergang auf dem Lido zu sein.

Mia hatte inzwischen die Orientierung verloren, aber ein Mädchen mit hochgesteckten Rastalocken, einer kreisrunden Sonnenbrille mit blauen Spiegelgläsern und einem bauchfreien Top schien sich auszukennen. Sie bog in schmale Gassen ein, überquerte prächtige Plätze und lotste sie zu steinernen Brücken, die sich in perfekten Bögen über die Kanäle spannten. Mia genoss es, sich inmitten dieser unbeschwerten Schar einfach treiben zu lassen.

So merkte sie zuerst gar nicht, dass ihr Handy klingelte. Wie durch einen Nebel drang schließlich von Ferne der ihr bekannte Harfendreiklang an ihr Ohr.

„Ja, Mia hier."

„Äh, hier spricht Davide. Ich wollte nur fragen, ob bei dir alles in Ordnung ist?"

Davide. Mia hatte ihn vollkommen vergessen. Doch als sie seine Stimme hörte, spürte sie einen kleinen Stich im Herzen. War das erst gestern gewesen, dass sie gemeinsam an dem kleinen Kanal in Cannaregio gesessen hatten und er sie später nach Hause in ihr Appartement begleitet hatte?

„Ja, alles prima. Venedig ist ein Traum."
„Für manche auch ein Alptraum", entgegnete Davide.
Was für ein Miesepeter, dachte Mia.
„Mia, pass bitte auf. Venedig kann auch gefährlich sein. Trau bloß keinen Fremden."
Mia schaute schnell zu Dylan. Er zwinkerte ihr zu.
„Wir zwei, du und ich, kennen uns doch auch kaum. Wir sind auch quasi Fremde", wies sie Davide zurecht.
„Das stimmt natürlich. Pass einfach auf dich auf und melde dich, wenn dir etwas merkwürdig vorkommt."
Mia gefiel diese Unterhaltung nicht. Sie war hier mit einer Schar gut gelaunter Menschen unterwegs. Dylan suchte immer wieder den Blickkontakt zu ihr und sie fühlte sich wunderbar. Sie wollte sich von Davide einfach nicht die Laune verderben lassen. Andererseits rührte es sie, dass er sich offenbar um sie sorgte.
„Davide, es ist wirklich alles in Ordnung. Morgen komme ich übrigens zu deinem Vater. Vielleicht sehen wir uns ja dort."
„Ciao", fügte sie rasch hinzu und legte auf.

7

Das Trüppchen Studenten mit Mia in der Mitte erreichte die Vaporetto-Station Accademia. Es wurde beschlossen, dass sich die Kunst besser genießen ließe, wenn man sich zuvor einen Drink genehmigen würde. Also fiel die bunte Gesellschaft in eine winzige Bar mit gerade einmal drei Außentischen und einem missmutigen Kellner ein. Dylan saß direkt neben ihr. Er fingerte ständig auf seinem Handy herum und schaute verärgert.

„Hey, Dylan, hast du dich mal wieder an der Börse verzockt?“, stichelte das Rastamädchen und stupste ihn in die Seite.

„Der hat von seinem Dad eine hübsche Stange Geld bekommen und glaubt nun, dass er mit Aktien und solchem Zeug reich werden kann“, plapperte das Rastagirl mit Blick zu Mia.

„Shut up“, sagte Dylan sichtlich sauer und drehte sich weg.

Doch dann knipste er sein Grinsen wieder an, legte lässig den Arm um Mias Schulter und machte ihr den Vorschlag, zur nahegelegenen Gondoliere-Station zu gehen.

„Warum nicht?“, sagte Mia. Das fühlt sich fast wie ein Date an, dachte sie und genoss auf dem

Weg Dylans Nähe. Sein Arm lag immer noch locker wie zufällig auf ihrer Schulter und sie spürte die Wärme seiner Hand auf ihrer Haut.
„Hey Ricci", rief Dylan und schob Mia zu einem Anlegeplatz, an dem zwei pechschwarze, glänzende Gondeln im Wasser dümpelten. Bisher hatte Mia diese schnittigen Wassergefährte immer nur aus der Ferne gesehen. Sie wirkten wie ein Gruß aus alter Zeit. Seit dem 11. Jahrhundert, so hatte Mia gelesen, dienten diese Gondeln in Venedig dem Fortkommen. 10.000 schipperten damals durch die Kanäle, um die hohen Herrschaften in ihren prunkvollen Gewändern von Palazzo zu Palazzo zu bringen. Jetzt sollte es nur noch rund 500 geben, die fast ausschließlich von Touristen gebucht wurden.
Ricci trug die typische Tracht der Gondoliere, rotes Ringelshirt und Strohhut, und musterte sie unverwandt. Sein Gesicht war hager, die Augen tiefschwarz. Komischer Typ, fand Mia.
„Mia, das ist Ricci. Wollte euch nur kurz bekannt machen. Er entstammt einer alten Gondoliere-Dynastie und ihm gehört eine der traditionellen Gondelwerkstätten hier in Venedig. So eine Gondel ist aus neun verschiedenen Holzarten gebaut und kostet so

viel wie ein Mittelklassewagen. Wusstest du das?“

Nee, wusste Mia nicht und es interessierte sie auch nicht besonders. Sie wollte schnell weg, da ihr dieser düstere Gondoliere-Typ nicht geheuer war. „Lass uns gehen“, sagte sie zu Dylan und drehte sich schon mal zur Seite, um ihrem Wunsch Nachdruck zu verleihen. „Hier ist noch meine Visitenkarte, falls Sie Venedig mal richtig kennen lernen wollen“, sagte Ricci mit schnarrender Stimme und fixierte sie erneut mit durchdringendem Blick. Mia griff mechanisch nach der Karte und stopfte sie achtlos in ihre Handtasche.

8

Mia fühlte sich plötzlich erschöpft. Die Suche nach dem Code auf dem unheimlichen Gemälde hatte sie mehr mitgenommen, als sie sich eingestehen wollte. Noch immer blitzten die grausamen Szenen des Bildes vor ihren Augen auf und ein Schatten legte sich auf ihre gute Laune. Was hatte das nur alles zu bedeuten? Erwartete sie am Ende eine schlimme Entdeckung? Sie brauchte Zeit zum Nachdenken, und beschloss, den Nachmittag allein zu verbringen.

„Du Dylan. Sei mit bitte nicht böse. Es ist so viel passiert, seit ich in Venedig angekommen bin. Ich muss mal ein wenig zu mir kommen. Ich würde mich gerne heute Nachmittag in mein Appartement verdrücken."

Dylan guckte betroffen.

„Ich möchte dich aber wirklich sehr gerne wiedersehen", fügte Mia schnell hinzu. „Wollen wir uns für morgen verabreden? Da bist du doch sicher noch in Venedig."

„Aber klar, lovely Mia. Wenn wir uns morgen sehen, kann ich es gerade noch verschmerzen, dass du mich heute so schnöde versetzt." Dylan legte den Kopf ein wenig schief und lächelte sanft.

Mia hauchte ihm einen Kuss auf die Wange. „Lass mich schnell gehen, sonst werde ich noch schwach“, sagte sie grinsend, warf Dylan eine Kusshand zu und machte sich mit entschlossenen Schritten davon.

Wieder allein, spürte Mia erneut die intensive Schönheit dieser Stadt. Jeder Stein schien eine Geschichte zu erzählen. So viele Jahrhunderte schon waren Menschen durch diese Gassen geeilt, hatten Freud und Leid empfunden. Männer und Frauen hatten sich geliebt oder gehasst, waren zu Ruhm aufgestiegen oder in einem der Kerker verrottet. All diese Seelen, so fühlte es Mia, waren immer noch da und sie wurde nun eine von ihnen.

Kein Wunder, dass ihr Vater von Venedig überwältigt gewesen war. Als Restaurator für mittelalterliche Gemälde musste ihm dieser Ort wie sein persönliches Paradies vorgekommen sein. Er hatte an so vielen dieser Meisterwerke Hand anlegen dürfen. Ein Privileg, wie er nicht müde geworden war, zu erzählen.

Doch dann hatte das Schicksal wie eine Axt in sein Leben geschlagen. Dieser furchtbare Unfall, bei dem ihre Mutter Anna-Giulia so grausam ums Leben gekommen war, hatte allem Glück

ein Ende bereitet. Warum nur wusste sie so wenig von ihrer Mutter? Es gab nur ein einziges Foto, das eine hochgewachsene Frau mit langen, schwarzen Haaren zeigte, deren Blick sich in der Ferne verlor. Wie oft hatte Mia dieses Foto angesehen, doch nie konnte sie das Wesen ihrer Mutter erfassen. Sie blieb ein wunderschöner Geist, dessen Seele sich entzog, wenn sie versuchte, sich ihr zu nähern.
Als Mia jünger war, hatte sie ihren Vater immer wieder gelöchert. Er sollte ihr von ihrer Mutter berichten. Doch ihr Vater war stumm geblieben. „Der Unfall war so schmerzhaft, ich kann von dieser Zeit nicht erzählen“, hatte er stets entgegnet. Dabei hatte er so verzweifelt ausgesehen, dass Mia irgendwann aufgab, ihn weiter zu fragen.

Mia nahm ein Vaporetto und fuhr auf dem Canale Grande bis zur Station S. Marcuola. Auf ihrem Weg in ihr Appartement wollte sie durch das alte jüdische Ghetto gehen. Davide hatte ihr davon erzählt. Obwohl Juden auch in Venedig über Jahrhunderte in abgetrennten Wohngebieten in beengten Verhältnissen leben mussten, genossen sie in Venedig doch einen gewissen Schutz und wurden nicht in dem Maße verfolgt, wie sonst fast überall in Europa. Noch heute gab es eine aktive jüdische Gemeinde im Ghetto, das wie eine Insel mitten in Venedig lag. Das neuere Ghetto Nuovo war komplett von Kanälen umgeben und nur über drei kleine Brücken erreichbar. Mia sah Männer mit Schläfenlocken und hohen schwarzen Hüten. Begleitet wurden sie von Frauen mit hochgeschlossenen Blusen und bodenlangen Röcken. Eine fremde Welt mitten im modernen Venedig.

Mia war einmal mehr fasziniert von der Vielfältigkeit dieser Stadt. Venedig war viel mehr als eine künstliche Touristenattraktion, wie sie lange gedacht hatte. Sie beschloss, auch kulinarisch in diese fremde Welt einzutauchen. Sie fragte einen jungen Mann mit Kippa, wo man gut essen könne.

„Bist du jüdisch? Willst du koscher essen?"

Er schien sich etwas über sie zu wundern, begleitete sie aber durch eine schmale Gasse zu einem kleinen Restaurant namens Gam Gam am Rande des Ghettos. Drinnen herrschte eine geschäftige, freundliche Atmosphäre. Ein junges Mädchen gab ihr einen kleinen Tisch mit Blick auf den Kanal. Vielleicht schaute sie fragend, jedenfalls erklärte ihr das Mädchen freundlich, dass sie sich im ältesten Ghetto der Welt befinde und dieses Restaurant sich zur Aufgabe gemacht

hatte, das jüdische Leben für alle erfahrbar und lebendig zu halten.
Mia fühlte sich hier tatsächlich sehr willkommen und bestellte eine Platte mit israelischen Vorspeisen. Es kamen goldgelb frittierte Falafeln, Humus mit Pilzen, gegrillte Auberginen und Fleischbällchen mit Pinienkernen. Dazu gab es ein Glas Sauvignon blanc und zum Abschluss einen Espresso. Eingetaucht in diese andere Wirklichkeit hatte sie komplett vergessen, was sie nach Venedig gebracht hatte und was sie umtrieb. Doch als sie auf ihr Handy schaute, tauchte sie wieder ins Hier und Jetzt ein. Es gab zwei Nachrichten. Eine war von Dylan: „Hi dear, ich denke an dich und freue mich schon auf unser Wiedersehen morgen." Die andere war von Davide: „Ciao Mia, alles klar bei dir? Ich freue mich schon auf unser Wiedersehen morgen bei meinem Vater."
Mia schüttelte innerlich den Kopf. Sie war gerade zwei Tage in Venedig und schon freuten sich zwei Männer auf ein Wiedersehen mit ihr. Kurz dachte sie an ihren Freund Felix. Doch sein Bild verblasste schnell.

9

In dieser Nacht schlief Mia tief und traumlos. Frisch und voller Tatendrang machte sie sich nach dem Aufwachen und einem ausgiebigen Frühstück auf zu Bruno Gotto, mit dem sie tags zuvor telefonisch ein Treffen vereinbart hatte. Er wohnte an der Fondamenta dei Mor, nur ein paar Meter von dem Geburtshaus von Jacopo Tintoretto entfernt. Sehr passend für einen Kunsthändler, fand Mia.
Vielleicht war ihr Vater ja auch auf diese Weise auf Bruno aufmerksam geworden. Auf jeden Fall, so wusste Mia, hatte die beiden eine tiefe und langjährige Freundschaft verbunden. Sie fand das Tintoretto-Haus, das mit einer Gedenktafel versehen war. Direkt daneben ging es durch eine niedrige Holztür mit abblätternder grüner Farbe in Brunos Behausung. Als sie eintrat, fühlte sie sich wie in ein vollgestopftes Museum versetzt. Bis an die Decken streckten sich wackelige Holzregale, die mit Büchern, Papierrollen und allerlei Krimskrams vollgestellt waren. Teile des Wohnraums waren mit dunkelroten Leinentüchern abgedeckt. Von den Decken hingen Marionetten und Engelsfiguren mit zerschlissenen Gewändern. Alles wirkte

schäbig, so als würde diese Wohnung zusammen mit ihrem Inhalt peu à peu zu Staub zerfallen. Bruno saß an einem großen Holztisch und blickte sie ausdruckslos an. Vor ihm lagen ein paar Papiere, vergilbt und an den Ecken eingerollt.

„Da bist du also, Mia“, sagte Bruno. „Pietro, dein Vater, hat mir prophezeit, dass du eines Tages kommen würdest. Und doch wäre es ihm wohl lieber gewesen, wenn Venedig dich nie wiedergesehen hätte. Die Vergangenheit sollte man ruhen lassen, sagte dein Vater immer.“

Mia fröstelte. So hatte sie sich das Wiedersehen mit dem besten Freund ihres Vaters nicht vorgestellt.

„Aber nun bist du einmal hier. Dann soll das Schicksal seinen Lauf nehmen.“

„Was meinst du damit, Bruno? Bitte, ich weiß gar nichts. Das Ganze ist mir unheimlich. Du hast meinen Vater doch gekannt. Welches Geheimnis ist denn so lange verborgen geblieben? Und was hat das mit mir zu tun?“

Bruno brummte nur vor sich hin. „Das musst du selbst herausfinden. Ich bin nicht der Überbringer dieser Botschaft und will damit auch nichts zu tun haben.“

Mia schwieg und hoffte, dass Bruno weiterreden würde. Doch er suchte nur in den Papieren vor

sich herum und zog eine Skizze hervor. „Hast du den Zahlencode?“, fragte er alles andere als freundlich. Mia zog ihr Handy heraus und zeigte ihm die Zahlenreihe.
„Alles wird heute abgeknipst, auch die alten Bilder. Das ist fast schon Kunstraub“, erklärte Bruno, der offenbar einen Groll auf alles Neue hegte. „Okay, du hast den Code. Nun musst du noch den Safe dazu finden. Ist eigentlich gar kein richtiger Safe, bloß ein Kästchen aus Mahagoniholz mit einem antiken Vorhängeschloss aus Messing. Funktioniert aber wie die neumodischen Dinger. Hauptsache du hast die richtigen Zahlen.“
„Aber, wo ist denn dieser Mahagoni-Safe?“, fragte Mia, jetzt schon etwas genervt von dem griesgrämigen Alten.
„Der Kasten ist in den Gefängnisräumen des Dogenpalastes. Hier, nimm die Zeichnung. Da siehst du, wo du suchen musst, wenn du erst mal dort bist.“
Mia entfuhr ein Seufzer. Wie sollte sie in Gottesnamen in die Gefängnisräume des Dogenpalastes kommen? Es war schon schwierig genug, überhaupt ein Ticket für eine normale Touristenführung zu ergattern. Bevor sie Bruno fragen konnte, um ihm ein paar

Informationen aus der Nase zu ziehen, kam Hilfe.

„Scusi, ich war gerade nebenan einen Espresso trinken", klang es von der Haustür. Einen Augenblick später stand Davide im Raum. Durch die offene Tür fielen ein paar Sonnenstrahlen in die dunklen Gemächer und ließen den Staub in der Luft tanzen. Von Davide war nur ein Schattenriss zu erkennen. Mia schien die Szene wie aus einem Renaissance-Gemälde entnommen.

„Ciao papà", sagte Davide und wandte sich dann Mia zu. „Der Zugang zu dem Gefängnis ist leichter, als du vielleicht denkst. Dort finden nämlich seit einiger Zeit klassische Konzerte statt. Mozartklänge dort, wo früher Casanova und seine Leidensgenossen eingekerkert waren. Du muss dir nur ein Ticket buchen und schon bist du drin. Den Rest kann dir mein Vater erklären."

Davide blickte seinen Vater eindringlich an. Die beiden schienen nicht das beste Verhältnis zu haben. „Ich muss jetzt leider auch gleich wieder los", ließ sich Davide vernehmen. Sein Blick ruhte ein paar Sekunden zu lange auf Mia. Dann verschwand er so plötzlich, wie er gekommen war.

„Dieser Davide. Der hohe Herr hat immer was Besseres vor, anstatt sich mit seinem Vater zu beschäftigen“, erzählte Bruno vor sich hin.

„Was macht er denn beruflich“, nutzte Mia die Gelegenheit, um etwas mehr über Davide zu erfahren. Bruno begann, wie mit sich selbst zu reden. „Der Junge wollte nie was mit dem Kunsthandel zu tun haben, weiß der liebe Herrgott, warum nicht. Der Laden lief vor einigen Jahren hervorragend. Es kamen reiche Amis und kunstversessene Europäer mit dicken Brieftaschen. Doch ich bin nicht mehr der Jüngste. Mit all diesem Computer-Kram komme ich nicht klar. Heute suchen sich die Leute alles im Internet, erzählt man mir. Manche kaufen Kunst sogar mit dem Handy! Davide war immer ein ganz Schlauer, der hätte den Laden voranbringen können. Aber nein, der Herr wollte mit Immobilien handeln. Mit den schnieken Leuten zu tun haben. Gefällt Ihnen der Palazzo, Signora? Darf's noch eine Etage mehr sein oder möchten Sie Blick auf den Canale Grande? Und dann die Hand aufhalten. Ich verstehe meinen Sohn nicht. Er verbringt seine Zeit lieber mit der feinen Gesellschaft, während ich hier wie ein Einsiedler im schäbigsten Winkel der Stadt versauere.“

Mia hatte Mitleid mit Bruno. Trotzdem hatte sie keine Lust, sich das Gejammere des alten Mannes weiter anzuhören. „Was ist mit der Skizze meines Vaters?“, fragte sie und beugte sich über den Tisch mit Aufzeichnungen.
Bruno schien ihrer ebenfalls überdrüssig zu sein und schob ihr ein Papier hin. „Hier kannst du sehen, wo du diesen verdammten Kasten findest. Davide hat dir ja schon gesagt, wie du am besten ins Gefängnis kommst. Der weiß ja eh immer alles besser.“
„Äh ja …“, murmelte Mia, die Bruno nicht noch mehr Stichworte liefern wollte, um über seinen Sohn herzuziehen.
Bruno schnäuzte sich lautstark und bequemte sich schließlich zu einer Erklärung. „Wenn du den Kasten öffnest, wirst du den Brief finden. Dort steht geschrieben, was geschehen ist. Dann fehlt dir nur noch der Beweis.“
Ein Brief mit einem dunklen Geheimnis, ein Beweis für irgendetwas Unbekanntes? Mia reichte es. Sie schnappte sich die Skizze und rannte so schnell wie möglich aus diesem Haus, das mit so viel Groll und Schwermut erfüllt war.

10

Mia fühlte sich wie benommen von dem Besuch bei Bruno. Die Geschichte machte ihr Angst. Wartete auf sie etwa eine schlimme Entdeckung?
Dann dachte sie an ihren Vater, diesen herzensguten, wenn auch manchmal verschlossenen Menschen, der immer für sie dagewesen war. So dunkel konnte das Geheimnis gar nicht sein. Dieser Bruno in seinem Verlies wollte ihr nur Angst machen. Sie setzte sich auf die Kanalmauer, ließ die Beine baumeln und schaute dem Spiel der Sonnenstrahlen auf dem Wasser zu. Schließlich beschloss sie, sich sobald wie möglich ein Ticket für eines dieser Gefängniskonzerte zu buchen. Es war erst Mittag, vielleicht würde es heute noch klappen.
Über eine App auf ihrem Handy suchte sie nach klassischen Konzerten. Viele fanden in Kirchen oder den Prunksälen der Scuolas statt. Doch bald schon stieß sie auf den „Palazzo delle Prigioni“. Prigioni hieß Gefängnis, das war ihr aus dem Italienischkurs hängen geblieben. Das musste es sein.

Tatsächlich gab es am Abend eine Vorstellung. Eine Sopranistin und ein Tenor sangen Opernarien von Mozart, Verdi und Bizet. Warum nicht? Mia liebte Musik, auch klassische. Ihr Vater hatte sie damit vertraut gemacht. „Dylan“, fuhr es Mia durch den Kopf. Sie hatten sich ja für den Abend verabredet. Der muss halt einfach mitkommen, beschloss Mia und zückte ihr Handy.

Dylan klang wirklich erfreut, dass sie anrief. Die klassische Musik war nicht sein Ding, aber er sagte zu, sie zu dem Konzert zu begleiten. Mit wenigen Klicks buchte Mia zwei Karten. Diese schickte sie per Handy an Dylan und verabredete sich mit ihm um 19 Uhr auf dem Markusplatz. Von dort wären es nur wenige Schritte bis zum Eingang des Gefängnisses.

Mia kehrte zum Ausruhen in ihr Appartement zurück und schlief dort auf dem Sofa ein. Als sie nach einem kurzen Nickerchen die Augen aufschlug, fühlte sie sich hellwach und wie elektrisiert. Heute Abend würde sie endlich die Botschaft ihres Vaters lesen können. Ein Geheimnis würde gelüftet und sie war voller Zuversicht, dass sich alles zum Guten wenden würde. Und sie würde mit Dylan ausgehen. Ihr Herz hüpfte vor Freude und Aufregung. Wer wusste schon, was dieser Abend noch bringen würde? Auf jeden Fall beschloss sie, sich etwas herauszuputzen. Sie wählte eine weit fallende schwarze Hose in Lederoptik, dazu ein goldfarbenes Top mit schmalen Trägern und eine Kette mit einem großen silbernen Halbmond. Ihre schwarze Lockenpracht band sie zu einem hohen Pferdeschwanz, so dass die Locken ihr inzwischen leicht gebräuntes Gesicht bei jeder Bewegung umtanzten. Sie gefiel sich im Spiegel und legte noch einen dunkelroten, schimmernden Lippenstift auf. „Der Abend kann kommen“, fand sie, griff nach der schwarzen Lederclutch, die ihr Henriette geschenkt hatte, und schlüpfte in die flachen Sandalen mit den Strasssteinchen.

Das Vaporetto der Linie 3 brachte sie von S. Alvise über den Canale Grande Richtung San Marco. Sie genoss den lauen Abendwind, während das Boot an den stuckverzierten Palästen vorbeituckerte und beobachtete die anderen Bootsgäste. Eng aneinander geschmiegte verliebte Paare, Eltern, die mit ihren Kindern lachten und einzelne Passagiere, die auf ihren Handys herumtippten oder vor sich hinschauten, manche entspannt, andere nachdenklich. Die Sonne verabschiedete sich langsam hinter der Basilica di Santa Maria della Salute und legte einen rosafarbenen, zarten

Schimmer über die Stadt. Der Canale Grande wechselte seine Farbe von einem schlammigen Grün in ein schimmerndes, unergründliches Schwarz. In dieser besonderen Stunde vor der Dunkelheit, so fand Mia einmal mehr, verschwammen Vergangenheit, Gegenwart und Zukunft und der Mensch konnte sich einen Moment der Ewigkeit hingeben.

Schon von Ferne sah Mia den Markusturm, dann schoben sich Nationalbibliothek und Dogenpalast in ihr Blickfeld. Das Boot schunkelte über die Wellen und steuerte auf dieses Häuserensemble zu, das seit Jahrhunderten die Menschen mit seiner perfekten Schönheit in den Bann zog. Herrschaftlich und doch intim, von vollkommener Harmonie und doch individuell und mit unzähligen kunstvollen Details verziert.

Mit einem leisen Plopp legte das Vaporetto an der Ufermauer an und Mia sprang auf die Promenade, auf der fliegende Händler ihre Stände aufgebaut hatten und den üblichen Touristennippes wie T-Shirts mit Gondelmotiv, Käppis und Getränke anboten. Zwischen all den Gesichtern auf der Promenade entdeckte sie Dylan. Er war nicht zu übersehen mit seinem breiten, ein wenig frechen Grinsen, den verstrubbelten Haaren, die sich offenbar nicht

bändigen ließen, und dem selbstbewussten Auftreten. Statt Jeans, die lässig auf der Hüfte hingen, und ausgewaschenem T-Shirt hatte er sich für den heutigen Anlass offenbar – zumindest für seine Begriffe – in Schale geworfen. Seine Jeans schien neu zu sein, dazu trug er ein weißes Hemd mit hochgekrempelten Ärmeln. Die ausgetretenen Chucks hatte er gegen schwarze Lederschuhe ausgetauscht.
„Habe ich mir von Rob geliehen“, grinste er, als Mia vor ihm stand und die Schuhe anstarrte.
„Passt das so?“, fragte Dylan und breitete die Arme wie zur Begutachtung aus.
„Klar doch“, entgegnete Mia und griff nach Dylans Hand, um ihn auf die Ponte della Paglia zu ziehen. Sie waren schon etwas spät dran. Trotzdem nahmen sie sich oben auf der Brücke die Zeit, um einen Blick auf die berühmte Seufzerbrücke zu werfen, die den Dogenpalast mit dem Gefängnis verband. Die im Dogenpalast Verurteilten mussten diese schmale, zugemauerte Überführung über den Rio di Palazzo nehmen, um das Gefängnisgebäude zu erreichen und dann für viele Jahre in den Verliesen zu schmoren. Gut vorstellbar, dass die Unglücklichen auf diesem schweren letzten Weg Seufzer der Verzweiflung ausgestoßen hatten.

Nur wenige Schritte weiter fanden Mia und Dylan den Eingang zu den Konzertsälen im Palazzo delle Prigioni, dem Gefängnispalast, und erhielten mit ihren Handytickets problemlos Zutritt.

„In der Pause gehen wir auf die Suche nach dem Kasten, den mein Vater für mich hier versteckt hat", flüsterte Mia Dylan zu. „Ich habe von Bruno die genaue Beschreibung, wo wir suchen müssen."

Dylan grinste wieder einmal, was Mia in diesem Moment nicht ganz passend fand. Aber egal, sie war aufgeregt und gewillt, zumindest den ersten Teil des Konzertes voll zu genießen. Der Saal war viel kleiner, als sie ihn sich vorgestellt hatte. Gemauert aus mächtigen Steinquadern wirkte er bedrückend und Mia musste an die früheren Gefangenen denken, die hier womöglich ihr niederschmetterndes Urteil erhalten hatten. Doch die in Reihen aufgestellten roten Stühle und der blinkende Kronleuchter erinnerten sie daran, dass sie gleich ein Konzert erwarten würde.

Das Licht wurde gedimmt. Die Konzertbesucher rückten scharrend ihre Stühle zurecht und hüstelten noch mal vorsorglich, um später die Veranstaltung nicht zu stören. Das Konzert startete heiter mit Vivaldi. Dann ging es düster weiter mit einer Arie aus Verdis La Traviata. Die sterbenskranke Violetta nahm Abschied vom Leben. Sie hatte ihr Glück der Liebe zu Alfredo geopfert und wusste, dass ihr nichts mehr blieb als der Tod. Die volle Stimme der ganz in schwarz gekleideten Sopranistin erfüllte den kleinen Raum und entführte Mia in die Vergangenheit, als sie gemeinsam mit ihrem Vater regelmäßig Konzerte besucht hatte, wobei sie beide zu Verdi-Liebhabern wurden. Fast unvermittelt brach die Arie ab. „Alles endet" waren die letzten Worte Violettas, bevor sie starb. Es folgte ein kleiner Moment der Stille, dann brauste der Applaus los. Das Licht ging an und die Besucher drängelten sich zur Konzertpause nach draußen.

Mia musste erst einmal zu sich kommen, doch dann fiel es ihr siedend heiß ein. Die große Stunde war gekommen. Dylan und sie mussten jetzt sofort auf die Suche nach dem Kasten gehen. Mia griff Dylans Hand, zog ihn durch die mächtige Holztür aus dem Saal und dort hinter einen blauen Samtvorhang, wo sich Reservestühle stapelten. Dort würden sie warten, bis das Konzert wieder startete, um dann unbemerkt das Versteck ausfindig zu machen.

Es war Mia ein wenig peinlich, so eng zusammen mit Dylan in einer verschwiegenen

Ecke zu stehen. Damit es nicht unangenehm werden würde, nestelte sie in ihrer Tasche nach Brunos Lageplan und sie beide vertieften sich in die Beschreibung.

Ein Klingeln kündigte das Ende der Konzertpause an und alle strömten wieder in den Saal. Sobald das Geplaudere im Vorraum verstummt war, schlüpften Mia und Dylan aus ihrem Versteck und machten sich nach Brunos Anleitung auf den Weg. Sie eilten zurück ins Treppenhaus und fanden bald die unscheinbare, graue Holztür, durch die sie gehen sollten. Sie ließ sich problemlos öffnen und führte in einen schmalen, weiß gestrichenen Gang ohne weitere Türen. An der Decke baumelte eine einsame Glühbirne und verströmte ein funzeliges, gelbliches Licht. Am Ende des Ganges ging es drei Treppenstufen nach unten zu einer weiteren Tür. Hinter dieser, so stand es auf Brunos Zettel, würde ein Innenhof mit einem Ziehbrunnen in der Mitte liegen.

Mia drückte die gebogene Eisenklinke nach unten, doch nichts geschah. Erst als sie mit der Schulter gegen die Tür drückte, schwang sie mit einem lauten Knarren auf. Im Innenhof war es dämmerig, nur der Mond, der voll am Himmel stand, warf einen bleichen Schein in den fast quadratischen Hof. Kleine Fensterluken

schauten wie schwarze Löcher auf sie herunter. Die größeren Fenster waren alle mit dicken Eisenstangen vergittert. Sie folgten der Anweisung und strebten auf die gegenüberliegende Tür des Innenhofs zu. Sie gingen durch eine weitere schwergängige Tür und befanden sich in einem gruftartigen, niedrigen Gang von nicht einmal anderthalb Metern Breite. Die Bodensteine waren blank getreten, die Wände bestanden aus rohen Ziegeln. Kalte, feuchte Luft schlug ihnen entgegen. Mit Riegeln versehene Eisentüren reihten sich an der linken Wand entlang. Das mussten die Eingänge zu den Verliesen sein, dachte Mia. Es fröstelte sie bei dem Gedanken, dass die Gefangenen dort hineingeworfen und oftmals einfach vergessen wurden. Links neben der zweiten Verliestür, so hieß es auf Brunos Zettel, würden sie auf Kniehöhe einen losen Steinquader finden. „Hier ist er“, ließ sich Dylan vernehmen, der auf die Knie gegangen war. Tatsächlich hatte einer der Steine Spiel und ließ sich ruckelnd herausziehen. Er polterte laut zu Boden und Mia schaute Dylan vorwurfsvoll an. Wer wusste denn, ob hier nicht Wachleute unterwegs waren?
Schließlich griff Mia beherzt in die Mauerlücke. Ihr Arm verschwand bis zum Ellbogen in dem

kühlen Loch, da fühlten ihre Fingen einen Gegenstand. „Das Mahagoni-Kästchen“, flüsterte sie. Sie tastete mit der Hand und fand schließlich einen Metallhenkel, an dem sie den Kasten herausziehen konnte. Bald stand er zwischen ihnen auf dem Steinboden.

Mia starrte fassungslos darauf, denn das hatte sie nicht erwartet. Es war, als würde am helllichten Tag die Sonne ausgeknipst und nichts blieb als eine undurchdringliche Finsternis. Jemand musste vor ihnen hier gewesen sein … Das alte Messingschloss war aufgebrochen und das Kästchen komplett leer.

Mia fühlte sich betrogen und innerlich wie tot. Sie starrte in den leeren Holzkasten und wusste, dass sie vor dem Nichts stand. Es war, als blickte sie in einen Brunnen ohne Boden. Ohne auf Dylan zu achten, rannte sie den Gang entlang, zurück über den Innenhof und ins Treppenhaus des Konzertsaals. Sie rannte einfach weiter, hinaus aus dem Gefängnispalast, eilte über die Promenade und sprang auf ein Vaporetto, das gerade dabei war abzulegen. Die Menschen lachten wie auf der Hinfahrt, die Paläste waren von Lichtern angestrahlt und aus den Restaurants klang Musik über das Wasser. Doch Mia fühlte sich wie in Trance und wollte

sich nur noch verkriechen. Nach Hause in die Dunkelheit ihres Schlafzimmers.
Als sie daheim war, schlief sie erschöpft ein, wurde aber immer wieder von unruhigen Träumen geweckt. Die Frau mit den langen schwarzen Haaren tauchte wieder auf. Mia sah Bruno völlig verstaubt in seinen Regalen nach irgendetwas suchen. Dylan erschien ihr frech und schadenfroh grinsend. Und sie sah ihren Vater mit hängenden Schultern über den Innenhof des Gefängnispalastes gehen und dann wie ein Geist durch eine Mauer verschwinden. Mia schrak hoch und beschloss aufzustehen. Sie füllte ein Glas mit dem kühlen Wasser aus der Leitung und trank in großen Schlucken, um wieder klarer zu werden. Sie entschied, dass sie nun dringend schlafen müsse und am nächsten Tag Zeit genug wäre, um all die Probleme zu lösen, die sich vor ihr auftürmten.

11

Mühsam schlug Mia die Augen auf. Die Sonne stand schon hoch und ließ kleine Lichtpunkte auf dem hellen Berberteppich ihres Appartements tanzen. Was war passiert? Sie fühlte sich, als hätte sie gestern zu viel Rotwein getrunken. Der Kopf war schwer und ein dumpfer Schmerz saß hinter ihren Augen. Langsam kämpfte sie sich aus der Betäubung und ihr ganzes Elend fiel ihr wieder ein. Das Mahagoni-Kästchen, das ihr Vater für sie versteckt hatte, war leer gewesen. Er hatte ihr etwas Wichtiges mitteilen wollen, doch offenbar war jemand anderes schneller gewesen als sie. Wer war dieser Jemand und vor allem warum hatte er diese private Hinterlassenschaft gestohlen? Bruno hatte ihr das Versteck verraten. Doch wer wusste noch davon und von wem? Der kostbare Code, den sie in der Scuola Grande di San Rocco auf dem Tintoretto-Gemälde gefunden hatte, war wertlos. Der Dieb hatte das Messing-Schloss einfach aufgebrochen.

Sie hatte nichts mehr in der Hand. Tatsächlich wusste sie nicht mehr als am allerersten Tag ihrer Ankunft in Venedig. Papa, sag mir, was ich

tun soll, sandte sie ein Stoßgebet gen Himmel. Doch in ihr blieb alles stumm. Was hast du getan, Papa? Was wolltest du mir sagen und warum ist das ein Geheimnis? Wer sollte ihr jetzt nur weiterhelfen? Der knorrige Bruno sicher nicht. Davide? Dem traute sie auch nicht über den Weg. Und Dylan war nur ein unbekümmerter Amerikaner auf Venedigbesuch. Sie war ganz auf sich gestellt. Ohne, dass sie es wollte, kamen ihr ein paar Tränen. Sie hatte keine Eltern mehr und es gab auch sonst keine Verwandten, von denen sie wusste. Henriette war sehr fürsorglich, doch wie sollte die ihr von Hamburg aus helfen? Und ihr Freund Felix? Mia erschrak, als sie registrierte, dass sie die letzten beiden Tage überhaupt nicht an Felix gedacht hatte. Doch auch er schien sie nicht allzu sehr zu vermissen, denn er hatte sich noch nicht einmal mit einer Nachricht gemeldet.
Mia beschloss, dem Katzenjammer ein Ende zu bereiten. Sie schwang die Beine aus dem Bett und brühte sich einen Earl-Grey-Tee auf. Sie trank in kleinen Schlucken. Die heiße, duftende Flüssigkeit, die sich wohlig in ihrem Magen ausbreitete, tröstete sie ein wenig. Sie war ihrem Ziel zwar nicht nähergekommen, doch sie war nicht gewillt, aufzugeben.

Als es läutete, erschrak Mia. Sie kannte den Klingelton nicht. Es musste die Haustür sein. Sie lief zum Wohnungseingang und drückte auf den elektrischen Summer, den sie neben der Eingangstür fand. Ein dünner Jugendlicher mit braunen, kurzen Locken kam die Treppen heraufgestürmt und überreichte ihr wortlos ein kleines Paket ohne Aufschrift, das mehrfach mit Paketband umwickelt war. „Hey, was ist das und von wem?“ rief Mia, doch der Junge war schon wieder nach unten verschwunden.
Mia war ein wenig mulmig zumute, doch sie war auch neugierig. Mit einem scharfen Küchenmesser begann sie, die verschiedenen Klebebandschichten zu durchtrennen. Das Päckchen hatte die Größe eines Taschenbuchs, war aber dicker. Vor Ungeduld riss sie die Laschen auf und fand eine Schachtel aus rot marmoriertem Pappkarton inmitten von zerknülltem Zeitungspapier. Ungeduldig zerrte sie den roten Pappdeckel auf. Zwischen dunkelgrauem, knisterndem Seidenpapier lag eine Kette. Mia kannte sich mit Schmuck nicht sonderlich gut aus, aber die Kette erschien ihr sehr alt. Sie hatte feine Glieder aus rötlich schimmerndem Gold und als Anhänger einen Granat in Form eines Tropfens, eingefasst von kleinen, weiß schimmernden Perlen. Mia konnte

nicht anders. Sie griff nach dem geheimnisvollen Schmuckstück und legte sich die Kette um den Hals. Der Anhänger verschwand im runden Ausschnitt ihres T-Shirts. Offenbar war dies eine Kette für Frauen, die einen sehr tiefen Ausschnitt trugen. Mia schwebte eine füllige Dame mit schneeweißer Haut und hochgesteckten Haaren vor, gekleidet in ein tintenblaues Samtkleid mit eng anliegendem Oberteil und weitem bodenlangen Rock. Eine Frau wie auf einem Tintoretto-Gemälde.
Nicht gerade eine Kette passend zu Jeans und T-Shirt, dachte Mia und doch fühlte sie sich mit dem Schmuckstück wohl. Doch wer hatte ihr diese Kette geschickt und warum? Was bedeutete das alles? Ihre Venedigreise wurde immer geheimnisvoller. Sie beschloss, sich nicht ins Bockshorn jagen zu lassen und mit klarem Verstand Schritt für Schritt ihr weiteres Vorgehen zu planen.
Alles fing mit Tintoretto an, erinnerte sich Mia. Vielleicht sollte sie an dieser Stelle weitermachen? Sie beschloss, Davide anrufen. Schließlich hatte er ihr schon mehrfach seine Hilfe angeboten. Sie wollte ihn bitten, mit ihr in Tintorettos Grabeskirche Madonna dell´Orto in

Cannaregio gehen. Vielleicht hatte sie dort eine Eingebung, wie es weitergehen sollte.
Gerade wollte sie eine Nachricht an Davide in ihr Handy tippen, da vernahm sie den bekannten Harfendreiklang. Ein Anruf. Die Nummer war Mia unbekannt. „Mia Rosner“, meldete sie sich.
„Hi Mia, hier ist André. Weißt du noch unser Gespräch im Zug?“
Klar erinnerte sich Mia an das angenehme und seltsam vertrauliche Gespräch mit dem Tintoretto-Kenner André. Sie freute sich wirklich, die Stimme ihres sympathischen Zugnachbarn zu hören.
„Wie geht es dir, Mia? Wandelst du auf den Spuren deiner Vergangenheit? Hast du schon ein paar Geheimnisse gelüftet?“
Andrés Worte trafen Mia mitten ins Herz. Ja, sie war auf den Spuren der Vergangenheit gewandelt und nein, sie war den Geheimnissen bislang keinen Schritt nähergekommen. Sie merkte, dass ihr wieder ein paar Tränen in die Augen schossen. Sie zwinkerte sie schnell weg. Dann sprudelte es aus ihr heraus und sie erzählte André alles, was bislang passiert war. Er unterbrach sie kaum und ließ sich höchstens mit ein paar erstaunten Ahs und Ohs vernehmen.
„Wow, Mia, das ist ja wirklich sehr aufregend, was du erlebt hast. Der Kasten war wirklich

leer? Kaum zu glauben. Jetzt fängst du also wieder ganz von vorne an.“

„Nicht ganz“, entgegnete sie. „Weißt du, heute Morgen ist noch etwas Unglaubliches passiert.“ Und dann erzählte sie André von dem Paket mit der Kette, die sie vor einer Stunde bekommen hatte.

André atmete hörbar tief ein. „Mia, das klingt beunruhigend. Du weißt, dass ich in der Kunstszene eng vernetzt bin und vor allem in Venedig sehr gute Verbindungen habe. Mia, das ist wirklich ernst. Zurzeit ist in Venedig eine Bande von mafiösen Kunsthändlern unterwegs. Es geht vor allem um ein Gemälde im Palazzo Nero der alten Patrizierfamilie da Lago. Es ist ein früher Tintoretto und unglaublich wertvoll. Das Bild zeigt die Kurtisane Marietta. Sie trägt eine Kette, sehr ähnlich der, die du bekommen hast. Dieses Gemälde hat eine sehr geheimnisvolle Geschichte.“

„Was sagst du da?“ Mia ging langsam zu dem runden Esstisch und ließ sich auf einem der sonnengelben Metallstühle nieder. Sie fröstelte ein wenig und hangelte nach dem Becher mit Tee, der aber nur noch lauwarm war. Sie wollte nachfragen, doch André kam ihr zuvor.

„Die Geschichte geht bis ins 16. Jahrhundert zurück. Der Doge Francesco Donà befahl damals dem jungen Jacopo Tintoretto, seine Geliebte Marietta zu malen, eine Schönheit mit ebenmäßigem Gesicht und dichtem kastanienbraunem Haar. Um den Hals trug Marietta eine Goldkette mit einem von Perlen eingefassten Granat. Der Doge legte fest, dass dieses Gemälde immer demjenigen gehören solle, der im Besitz der Kette ist. Damals war das Marietta. Als sie starb, ging das Tintoretto-Gemälde auf eine abenteuerliche Reise durch die venezianische Geschichte. Schließlich gelangte es in den Besitz der Familie da Lago und hängt jetzt im Empfangssalon ihres Palazzo Nero direkt am Canale Grande. Die Kette wurde zuletzt von der Tochter der Familie getragen. Doch mit ihrem Tod verschwand das Schmuckstück auf mysteriöse Weise."

Mia fühlte sich wie in eine vergangene Welt versetzt. In die Welt der alten Dogen, der Kurtisanen und kostbaren Schmuckstücke. Konnte es wirklich sein, dass sie, Mia aus Hamburg, nun diese Kette um den Hals trug und Teil dieser Geschichte war?

„Und was soll ich jetzt deiner Meinung nach tun?", fragte Mia.

„Zeig die Kette niemandem. Irgendjemand ist hinter ihr und vor allem hinter dem Gemälde her. Es gibt einen stinkreichen, brasilianischen

Sammler aus Rio de Janeiro, der diesen Tintoretto unbedingt haben will und bereit ist, Unsummen dafür zu zahlen. Das ruft jede Menge Leute auf den Plan, die zu allem bereit sind."

„So ganz kapiere ich das nicht. Warum sollte denn ausgerechnet ich jetzt im Besitz dieser Kette sein? Was hat das zu bedeuten? Und was hat das mit meinem Vater und seinem Geheimnis zu tun?"

„Das weiß ich auch noch nicht", brummte André. „Ich bin als Kurator ja nur eine Randfigur, höre aber so einiges. Ich mache mir Sorgen um dich. Du könntest in etwas hineingeraten sein, das du nicht mehr steuern kannst. Ich halte weiter meine Augen offen und höre mich um. Nächste Woche komme ich ja sowieso nach Venedig, um die Ausstellung im Guggenheim Museum vorzubereiten. Bis dahin solltest du sehr vorsichtig sein und niemandem trauen. Halte vor allem die Kette unter Verschluss."

„Okay André, ich verstehe. Ich passe auf, versprochen. Doch, genau genommen, habe ich keine Ahnung, wer mir hier schaden sollte und vor allem wüsste ich nicht, warum. Ich bin das erste Mal in Venedig und kaum mehr als eine Touristin."

„Ich muss jetzt Schluss machen, Mia. Melde dich sofort, wenn etwas Ungewöhnliches passiert. Ich habe ein paar einflussreiche Freunde in Venedig, die vielleicht helfen können, wenn es Probleme gibt.“

„Danke dir, André. Wir kennen uns ja eigentlich kaum. Ich kann es gar nicht glauben, dass du dich so für mich einsetzt.“

„Kein Problem. Nächste Woche bin ich da, dann können wir ausführlich reden. Nun sei einfach vorsichtig“

Nachdem André das Telefonat beendet hatte, blieb Mia noch lange regungslos auf ihrem Stuhl sitzen. Sie beobachtete die Sonnenstrahlen, die langsam, aber unaufhaltsam ihren Weg über den Teppich nahmen und nippte mechanisch an ihrem Tee. Wieder musste sie an ihren Vater denken, sein freundliches Gesicht, das immer auch eine Spur Traurigkeit ausgestrahlt hatte, so als hätte er einen großen Schmerz erlebt und ihn nie wirklich verwunden. Papa, was ist passiert? Was habe ich damit zu tun? Was, Papa, ist dein Geheimnis?

Mia hatte keine Lust mehr, an diesem Tag jemanden zu sehen. Sie schickte Dylan eine Nachricht, in der sie sich für ihre überstürzte Flucht aus dem Gefängnispalast entschuldigte. Dann rief sie Davide an, um sich mit ihm für den nächsten Morgen in der Grabeskirche von Tintoretto zu verabreden. Vielleicht würde ihr dort, umgeben von all den mächtigen Gemälden, ein Geistesblitz kommen.

12

Mia hatte den Wecker auf acht Uhr gestellt, damit sie rechtzeitig an der Madonna dell` Orto sein würde, wo sie sich für zehn Uhr mit Davide verabredet hatte. Luftlinie waren es kaum zwei Kilometer von ihrem Appartement, schätzte Mia. Doch die Stadt mit ihren Kanälen, schmalen Gassen und Brücken hatte ihre Tücken. Sie würde einen Umweg nehmen müssen, da es keine Brücke über den Rio del Zecchini gab, wie sie auf ihrem Navi feststellte. Doch der Morgen war wunderschön, sodass Mia sich über den Spaziergang freute. Ein leichter Schleier lag über dem Himmel. Das Sonnenlicht streute wie durch Transparentpapier und legte sich wie ein zartes Schönheitspuder über die Stadt. Von der Lagune zog ein leichter Duft nach Salz und Meer durch die mittelalterlichen Häuserreihen. Touristen schienen noch nicht unterwegs zu sein. Nur ein paar Venezianer eilten durch die Gassen, ohne einen Blick für die steinerne Schönheit ihrer Heimat zu haben. Mias Gedanken gingen auf Zeitreise in die Vergangenheit, sie eilten zurück durch die Jahrhunderte.

Welcher Ort wäre dafür besser geeignet als Venedig? Keine Autos, Ampeln, Verkehrsschilder oder schrille Leuchtreklamen störten das Bild dieser Stadt, die vom Hauch der Ewigkeit umhüllt war. Auch die alten Venezianer, Einheimische, die frühmorgens unterwegs waren, schienen die modernen Zeiten einfach zu ignorieren. Die Frauen trugen noch immer das Haar hochtoupiert oder ein Tuch um den Kopf geschlungen. Die Männer schlurften in sich versunken über die blankgetretenen Steine und schauten nicht auf, wenn ihnen Fremde begegneten.

Mia überquerte den verlassen daliegenden Campo Sant`Alvise, nahm die Brücke über den Kanal und lief dann die Fondamenta de la Sensa entlang, wo sie an ihrem ersten Abend mit Davide die köstlichen Cicchetti gegessen hatte. Die Restaurants hatten die Markisen eingerollt und die Stühle zu Türmen aufeinandergestapelt und zusammengebunden. Die Stadt wirkte vollkommen leer. Der Weg, den das Navi vorschlug, führte Mia schließlich zurück über den leise vor sich hinplätschernden Rio Madonna dell'Orto direkt zum Campo della Madonna dell'Orto, wo sie Davide treffen sollte. Der Platz mit seinen mittelalterlichen Ziegelsteinen im Fischgrätenmuster schien verlassen und Mia spürte einen Anflug von Ärger. Doch dann nahm sie die Architektur dieser vielleicht schönsten Kirche Venedigs gefangen, deren Besonderheiten erst auf den zweiten Blick zu erkennen waren. Sie betrachtete das mächtige Kirchenportal mit dem weißen verzierten Spitzbogen und der Statue des Heiligen Christophorus, des Schutzheiligen der Reisenden, darüber.

„Das schönste Beispiel für venezianische Gotik in Venedig", hörte sie eine weiche Stimme an ihrem rechten Ohr, so nah, dass sie den Lufthauch beim Sprechen spürte. Sie wollte sich abrupt umdrehen, doch die Stimme sprach leise weiter. „Ich bin's, Davide. Nicht erschrecken."

Er stand immer noch hinter ihr und legte ihr seine Hand wie zufällig auf die linke Schulter. „Schau mal da oben, siehst du über dem Portal die Fensterrose und darüber die Madonna mit dem Jesuskind? Die Chiesa hat so viele wundervolle Details, dass man viele Male kommen muss, um ihre Schönheit zu verstehen."

Mia spürte die Wärme Davides an ihrem Körper und legte den Kopf in den Nacken, um nach oben zu schauen. Sie genoss den kurzen Moment der Vertrautheit, doch rief sich dann selbst zur Ordnung. Sie wirbelte herum und

sorgte für gebührenden Abstand zwischen ihnen beiden. „Guten Morgen, Davide“, plauderte sie los. „Schön, dass du dir Zeit nehmen konntest, mit mir die Kirche anzuschauen. Du scheinst ja sogar etwas von Kunst zu verstehen. Dein Vater hat mir erzählt, du bist Immobilienmakler.“
„Ach ja“, ließ Davide sich vernehmen. „Na, da hat er sicher Recht. Deswegen kann man ja trotzdem den Unterschied zwischen Gotik und Renaissance kennen, oder was denkst du?“
Mia tat ihre abwertende Bemerkung ein wenig leid. „Lass uns einfach reingehen. Ich bin sicher, du wirst mir etwas beibringen können.“ Diese Bemerkung war auch wieder daneben, stellte Mia für sich fest. Aber gesagt war gesagt.
Davide schaute tatsächlich ein wenig genervt. Doch gleich darauf knipste er ein freundliches Lächeln an. „Also los, Mia!“
Die schwere, reich verzierte Holztür knarrte, als David sie öffnete. Er ließ sie vorweg gehen. Ein leicht muffiger Geruch nach Holz und Mörtel empfing sie. Die Kirche mit den weißen Marmorsäulen, den gotischen Kapitellen und der Holzkassettendecke wirkte düster. Eine kühle Dämmerung umhüllte Mia, nachdem die Eingangstür wieder zugeschlagen war. Langsam gewöhnten sich ihre Augen an die Lichtverhältnisse und sie begann, die Details der

monumentalen Bilder an der Decke und im Altarraum zu erkennen.
„Sieben Gemälde von Weltbedeutung hat Tintoretto hier in der Chiesa an die Wände und Decken gebracht“, ließ sich Davide vernehmen. „Darunter ‚Das jüngste Gericht‘ und ‚Die Anbetung des goldenen Kalbes‘. Kein Maler vor ihm und nach ihm konnte es in punkto Dramatik, Vielschichtigkeit und Explosivität mit Tintoretto aufnehmen.“
Langsam ging Mia den Mittelgang entlang, wie magisch angezogen von den rauschhaften Darstellungen von Leben, Leid und Tod. Und doch, so wusste Mia, war Tintoretto gleichzeitig ein cleverer Geschäftsmann gewesen, der es verstand, sich die Gunst der Dogen, des Adels und Großbürgertums zu sichern, um ihnen seine Monumentalwerke gegen gutes Geld zu verkaufen. Mit Unterstützung seiner Werkstattgehilfen, darunter zwei seiner Söhne und eine Tochter, ließ er viele Bilder sogar in Serie gehen, leicht abgeändert oder zum Beispiel spiegelverkehrt. So war ganz Venedig im Grund ein einziges prall gefülltes Tintoretto-Museum.
Ein Sonnenstrahl fiel durch ein Seitenfenster und lenkte Mias Blick auf ein Gemälde rechts vom Altar über dem Eingang einer Kapelle. „Marias Tempelgang“, erklärte Davide, als sie

ihn fragend anblickte. „Für mich einer der faszinierendsten Tintorettos“, fuhr er fort. „Schau dir mal an, wie der Maler das Licht eingefangen hat. Es strahlt fast überirdisch von oben, dorthin, wo die kleine Maria begleitet von ihrer Mutter gehen soll, ihrer Bestimmung entgegen.“

Mia überkam ein Gefühl der Dankbarkeit, dass sie hier stehen durfte, mehr als 500 Jahre nach dem Entstehen dieser Gemälde, die gleichzeitig alt und doch wie von heute wirkten. Sie schrak aus ihren Tagträumen auf, als sie aus einer Seitenkapelle ein Klackern hörte, so als rieselten kleine Steine zu Boden. War noch jemand in der Chiesa? Gesehen hatte sie niemanden. Ein Grüppchen Nonnen, das bei ihrem Eintreten am Weihwasserbecken gestanden hatte, war schon lange gegangen. Seither herrschte Stille im Kirchenschiff. Nur Davides und ihre Schritte auf dem Steinboden und ihr leises Flüstern miteinander waren zu hören gewesen.

Mia fühlte sich plötzlich unwohl. Sie meinte, jemanden oder etwas zu spüren, was nicht hierhergehörte und den Frieden in diesem Haus Gottes störte. Sie drehte sich zu Davide um, doch der schien ganz entspannt und studierte immer noch den Tintoretto mit der eindrucksvollen Lichtstimmung. Er merkte

nicht, dass sie zu ihm hinschaute und sie nahm zum ersten Mal an diesem Morgen seine Gestalt wahr.
Seine Kleidung war fast die gleiche wie bei ihrer ersten Begegnung. Eine ausgewaschene, mittelblaue Jeans und ein weißes T-Shirt, das schon einige Wäschen hinter sich hatte und seinen gut gebauten Oberkörper lässig umspielte. Er ist attraktiv, dachte Mia und erinnerte sich an den intimen Moment, den sie am Morgen vor der Kirche geteilt hatten. Sie kam nicht dazu, diese Gedanken weiter zu verfolgen, denn schon wieder hörte sie dieses seltsame Rieseln.
„Hey, Davide, hörst du das auch? Klingt als würde etwas von oben herunterfallen.“
Davide schüttelte den Kopf, wirkte aber aufmerksam. „Wir sollten bald gehen. Doch vorher zeige ich dir noch das Grab von Tintoretto, er ist hier in der Kirche zusammen mit seinem Schwiegervater und zwei seiner Kinder begraben.“
Davide führte Mia zu einer Seitenkapelle, die renoviert wurde. Sie war bis hoch oben eingerüstet, offenbar, um das Deckengemälde zu restaurieren. Mia betrat den Boden aus Marmorquadern. Weißer Staub durchmischt mit kleinen Steinchen bedeckte die

terrakottafarbenen, abgetretenen Fliesen. Das erklärt das Geräusch, schoss es Mia durch den Kopf. Doch sie war wie magisch angezogen von der in den Boden eingelassenen marmornen Grabplatte mit der eingravierten Inschrift. Zwei vertrocknete, blassgelbe Rosen lagen am Rand, sicher von einem Tintoretto-Liebhaber dort abgelegt. Fast zaghaft trat Mia an die Platte, unter der die Gebeine dieses grandiosen Malers lagen, der ganz Venedig wie in einem Rausch mit seinen Bildern überzogen hatte.
Mia fühlte sich weit in die Vergangenheit Venedigs zurückversetzt, als die Dogen die Geschicke der Lagunenstadt lenkten und Venedig mit seiner Flotte weite Teile Europas beherrschte. Nur von Ferne drang ein Geräusch an ihr Ohr, etwas, das nicht passte. Es waren Schritte hoch über ihrem Kopf. Das war nicht möglich. Träge versuchte ihr Gehirn, das Geräusch zu deuten. Doch dann drang die Wirklichkeit mit Macht in ihr Bewusstsein.
„Mia“, schrie Davide und schubste sie gleichzeitig mit aller Kraft direkt auf den Grabstein zu Boden. Bevor sie realisieren konnte, was geschehen war, hörte sie den dumpfen Knall auf den Marmorsteinen. Ein schwerer, mannslanger Holzbalken war aus dem

Gerüst herabgestürzt. Er lag genau dort, wo Mia eben noch gestanden hatte.
Mia japste nach Luft. Davide stand reglos da und starrte sie an.
„Der Balken hätte mich getötet", sagte Mia mit wild klopfenden Herzen. Sie starrte nach oben. Versteckte sich dort jemand, der sie töten wollte?
Davide sah sehr blass aus und hatte winzige Schweißtropfen auf der Stirn. Er umrundete den Balken in einem weiten Bogen, so als wäre er immer noch gefährlich, um zu Mia zu gelangen. Er griff sie am Oberarm und zog sie fast grob hoch. Dann starrte er sie entsetzt an.
Die goldene Kette mit dem Granatanhänger, die sie die ganze Zeit nicht abgelegt hatte, war ihr bei dem Sturz aus dem T-Shirt gerutscht. Davide schien noch blasser zu werden. Zwischen seinen dunklen Augenbrauen bildete sich eine steile Falte. „Was ist das?", blaffte er sie an.
„Ich will hier sofort raus", sagte Mia und merkte, dass sie zitterte. Wenigstens vergaß Davide die Kette für den Moment, nahm sie am Arm und zog sie zwischen den Kirchenbänken hindurch in den Mittelgang und dann durch die schwere Kirchentür hindurch ans Tageslicht.
Mia zitterte nun am ganzen Leib. Davide schien es kaum besser zu gehen.

„Das hätte ein schrecklicher Unfall werden können“, sagte Mia. Die Worte klangen noch nach, da begannen Zweifel an ihr zu nagen. Ein Unfall? Sie hatte keine Arbeiter auf dem Gerüst gesehen. Was hatte ein solcher Balken überhaupt dort oben zu suchen? Und wieso war der Balken genau in dem Moment herabgestürzt, als sie darunter stand?

„Ich glaube, das war kein Zufall, Mia“, hörte sie Davide mit gepresster Stimme sagen. Sie musste wie ein Häufchen Elend ausgesehen haben, denn er nahm sie in den Arm. Es fühlte sich gut an. Mia legte den Kopf an seine Schulter, seine Haut duftete nach warmem Holz. Dann begann sie hemmungslos zu heulen.

13

Mia konnte gar nicht mehr aufhören zu weinen. Es war, als liefen alle Tränen aus ihr heraus, die sie seit dem Tod ihres Vaters zurückgehalten hatte. Sie weinte um sich, um ihren Vater, um seine Vergangenheit, die ihm hier in Venedig offenbar kein Glück gebracht hatte. Und sie weinte auch um ihre Mutter, die sie verloren hatte, bevor sie sie kennen lernen konnte.

„Mia, komm, es ist gut“, hörte sie Davide sagen. Doch es gab noch mehr Tränen in ihr und so weinte sie einfach weiter, bis sie langsam zur Ruhe kam und nur noch hin und wieder aufschluchzte. „Das ist nur der Schreck“, murmelte sie, immer noch von Davides Armen umfangen.

„Klar doch, lass dir Zeit. Wir können hier gerne noch ein bisschen stehen.“ Er führte sie in den Schatten der Kirchenmauer, denn die Sonne war inzwischen das Firmament hochgeklettert und stand steil oben an einem makellos blauen Himmel.

„Es wird langsam heiß. Außerdem sollten wir von diesem Ort verschwinden. Es gibt hier in der Nähe einen Garten, den kaum einer kennt.

Dort ist es sicher und wir können ungestört reden."
Mia fühlte sich wie in Trance und ließ sich von Davide wegführen. Sie liefen am träge dahinplätschernden Kanal entlang und umrundeten die kleinen Bistrotische, die entlang des Ufers aufgestellt waren. Alles wirkte so friedlich, doch dieser Schein trog.
Jemand will mich ermorden, jemand will mich ermorden … Wie von einer Schallplatte, die einen Sprung hatte, tickerte der immer gleiche Satz durch Mias Kopf. Und mit jedem Mal wurden die Worte lauter und schriller, so als riefe ihr jemand die grausame Botschaft durch ein Megafon ins Ohr. Alle anderen Geräusche, das Lachen der Menschen und Gurgeln des Kanals, klangen wie durch Watte zu ihr herein. Die idyllische Venedigkulisse, durch die sie liefen, erschien ihr wie aus einem Stummfilm, in dem die Menschen umherspazierten, als würden sie von einem Marionettenspieler bewegt.
„Jemand will mich ermorden", murmelte Mia. Als sie ihre eigenen Worte hörte, schoss eine neue heiße Welle der Panik durch ihren Körper. Sie wäre am liebsten gerannt, einfach weg, um dieser Gefahr zu entrinnen. Doch woher kam diese Gefahr? Mia spürte sie überall. Sie hüllte sie ein wie ein Kokon, aus dem sie nicht

ausbrechen konnte. Wohin nur sollte sie laufen? Wo wäre ein sicherer Ort?
Es war Davide, der Mia wieder in die Realität zurückholte. Sie fühlte mit einem Mal die Wärme und Kraft seines Armes, mit dem er sie fest an sich zog. So umschlungen liefen sie weiter. Ihn zu spüren und der Gleichklang ihrer Bewegungen ließen ihre Panik abflauen.
„Mia, du hast Recht. Es muss jemanden geben, der dir schaden will, schlimm schaden“, sagte Davide. Mia war froh, dass er die Sache ernst nahm und sie nicht für übergeschnappt hielt. Und sie war froh, dass er die Ruhe bewahrte. Das würde ihr helfen, ihre Panik in den Griff bekommen, denn nur dann würde sie klar denken können.
„Ich bin froh, dass du da bist, Davide“
„Aber natürlich bin ich da. Und ich bleibe auch, darauf kannst du Gift nehmen.“
„Davide …“
„Ja?“
„Glaubst du, das war ein Mordanschlag?“
„Ich fürchte, das muss man zumindest in Erwägung ziehen. Es ist schwer vorstellbar, dass dieser Balken rein zufällig genau dann herunterstürzt, wenn du unter dem Gerüst stehst. Die Baustelle war auch gar nicht in Betrieb.

Sonst wäre darunter abgesperrt gewesen. Das alles gibt mir wirklich zu denken."
„Sollen wir nicht lieber zur Polizei gehen?"
Es dauerte eine Zeit, bis Davide antwortete. „Ich fürchte, das wird nicht viel bringen ..."
Sie blieben stehen und schauten einer Gondel zu, die mit einem eng umschlungenen Pärchen an Bord vorbeiglitt. Davide drehte sich zu ihr hin und ließ seinen Blick tief in ihre Augen sinken. „Es ist so, hier in Venedig… Ich liebe diese Stadt und sage das nur ungern. Aber die Gesetzeshüter hier bringt nichts so schnell aus der Ruhe, schon gar nicht, wenn eine Touristin betroffen ist. Hier kommt man nur weiter, wenn man die richtigen Leute kennt."
„Ich kenne hier kaum jemanden. Und außerdem habe ich nicht einmal einen echten Beweis für einen Anschlag."
„Das ist leider so. Dazu kommt, dass du im Rampenlicht stehst, wenn du zur Polizei gehst. Solange du nicht weißt, wer dir schaden will, könnte das gefährlich sein. Vielleicht solltest du lieber den Ball flach halten und erst einmal herausfinden, wer hinter dir her ist."
Inzwischen hatte Davide sie weitergeführt. Bald standen sie vor einem von zwei Phoenixpalmen eingerahmten Hoteleingang, der von einem roten

Baldachin überdacht war. Ein Hotel? Mia schaute Davide fragend an.
„Der Garten gehört zum ‚Palazzo Hotel Dei Dogi‘. Das ist aber kein Problem. Man muss nur an der Rezeption fragen, dann darf man durch die Lobby in den Garten gehen."
Mia fühlte sich etwas unwohl bei dem Gedanken, dieses super-noble Hotel zu betreten, doch Davide war schon vorgestürmt und redete mit der Concierge. Die Lobby dieser Edelherberge war ein Traum und lenkte Mia von ihren dunklen Gedanken ab. Der Marmorboden mit seinem Kassettenmuster schimmerte blankgeputzt. Satinbezogene Loungesessel und üppige Blumenarrangements mit violettfarbenen Bromelien und weißen Azaleen sorgten für stilvolle Behaglilchkeit. Davide winkte aufmunternd und so folgte Mia ihm durch die Lobby hindurch in den Garten. „Das ist einer der ältesten Gärten Venedigs", erzählte Davide. „Er wurde im 16. Jahrhundert für Gemüse angelegt. Später wurde er zu einem botanischen Garten mit Rosenbüschen und seltenen Lilien. Noch heute ist das hier eine grüne Oase und sogar öffentlich zugänglich, wenn man an der Rezeption fragt."
Mia war beeindruckt. Sie hatte nicht geahnt, dass in dieser von einer Lagune umgebenen

Steinwüste blühende Gärten einen Platz haben würden. Wie konnten die Blumen und Sträucher hier bloß überleben?
„Die Pflanzen hier in Venedig haben oft nicht mehr als eine 70 bis 80 Zentimeter dünne Erdschicht, bis sie auf Salzwasser stoßen.“, erzählte Davide, als hätte er ihre Gedanken gehört. „Dieser Garten hier ist jedenfalls ein kleines Wunder und ich komme immer hierher, wenn ich Ruhe zum Nachdenken brauche. Und es ist hier sicher. Kaum einer kennt diesen Ort und jeder, der herkommt, muss an der Rezeption vorbei. Ich kenne die Concierge und habe sie gebeten, uns Bescheid zu sagen, falls jemand kommt, der verdächtig aussieht.“
Davide lief eilig vorweg und Mia musste ihm notgedrungen folgen. Sie passierten einen plätschernden Brunnen mit einer Skulptur der Jungfrau Maria und liefen unter einer kleinen Holzbrücke wie aus einem japanischen Garten hindurch. Schließlich verschwand Davide in einer Grotte, die in einen Erdhügel gebaut war. Als Mia eintrat, umfing sie die Kälte wie in einer Gruft. „Früher wurden hier Eisblöcke gelagert, die aus den Dolomiten hergebracht wurden“, sagte Davide. „Später kamen die Freimaurer, um zu meditieren.“

Sie drangen weiter in die Grotte vor. Die Kälte reizte Mia zum Husten. Unmittelbar erstarrte sie, denn der Laut, der aus ihrer Kehle kam, erklang in tausend Echos und hallte ihr vielfach zurück ins Ohr.

„Die Akustik in dieser Grotte ist der Wahnsinn", flüsterte ihr Davide ins Ohr, der offenbar wusste, dass lautes Sprechen in diesem kühlen Verlies eine Geräuschexplosion erzeugen würde. Mia traute sich nicht, laut zu reden und beugte sich zu Davide hin, ihr Mund an seinem Ohr.

„Das ist ein wunderbarer Ort und vor allem ein gutes Versteck, Davide. Danke …"

Wieder vernahm Mia den tröstenden und anziehenden Duft nach warmem Holz, der von Davide ausging. Die Angst, die wie eine Riesenwelle über sie geschwappt war, verzog sich im schützenden Dunkeln der Grotte für einen Moment. Und so wehrte sie sich nicht, als Davide ihr Gesicht mit beiden Händen umfasste und sie lange ansah.

„Mia, das ist alles nicht richtig. Wir werden das bereuen. Ich werde das bereuen." Mia verstand nicht, was Davide sagen wollte. Doch der Augenblick nahm sie gefangen. Sie schmiegte sich an ihn, spürte den weichen Baumwollstoff seines T-Shirts und darunter seinen unerwartet schmalen und doch muskulösen Körper. Wie aus einer fernen Ecke ihrer selbst gesteuert, schob sich ihr Gesicht an seines, bis sich ihre Lippen berührten. Es war, als würden sie beide eine noch unbekannte Frucht kosten. Ihre Lippen fanden sich und spielten miteinander wie nach einer jahrhundertealten Choreografie, die nirgends niedergeschrieben war. Das Licht der Welt war ausgeknipst für diesen einen Moment. Sie umschlangen sich inmitten dieser dunklen, kalten Grotte, ließen alles Denken hinter sich und waren nichts als dieser eine innige, ewig lange Kuss.

Sie blieben eng beieinander stehen, als sich ihre Lippen voneinander trennten. Davide zog sie an sich und führte sie aus der Grotte. „Das war sehr schön", sagte Mia. „Das war sehr schön, war sehr schön, sehr schön, schön …", hallte es von den Grottenwänden. Davide grinste sie an. Mia hatte das Echo in dieser alten Eiskammer vergessen.

Mia und Davide tauchten aus der Grotte ans Tageslicht auf und liefen zum Ende des langgestreckten Gartens zu einer weißgetünchten Loggia mit Ziegeldach. „Komm, hier hindurch", sagte Davide „Das wird dir gefallen."

Und tatsächlich. Als sie aus der Loggia heraustraten, öffnete sich ein Blick auf die

Lagune. Sie lag jetzt am späten Vormittag im Sonnenlicht, so dass gleißend helle Lichtpunkte auf dem Wasser tanzten. Rechts konnte man die Friedhofsinsel San Michele mit ihren hohen Zypressen sehen und geradeaus die für ihre Glasbläserkunst bekannte Insel Murano im Dunst erahnen.

Mia und Davide setzten sich auf die von der Sonne gewärmte Ufermauer, ließen die Beine baumeln und hingen ihren Gedanken nach.

„Wie soll es jetzt mit mir hier in Venedig bloß weitergehen?“, fragte Mia und wusste selbst nicht, ob sie damit den Kuss mit Davide oder den angsteinflößenden Anschlag in der Kirche meinte.

Sie blickte auf die Lagune und versank für einen kurzen Moment in einem romantischen Tagtraum. Doch mit einem Mal merkte sie, dass Davide sich innerlich von ihr entfernt hatte. Sie blickte zu ihm und griff sich dabei unwillkürlich an die geheimnisvolle Kette, die sie noch nicht zurück in ihr T-Shirt gesteckt hatte.

„Mia“, fing Davide an. Es fiel ihm offenbar schwer weiterzusprechen und er fuhr sich mit beiden Händen übers Gesicht, so als wollte er etwas auslöschen. „Hör mal, das eben ist nicht passiert, verstehst du? Du kommst hier nach Venedig und rührst in Dingen herum, die lange

vergangen sind und so soll es auch bleiben. Alles andere bringt nur Unglück – für dich, für mich und für viele andere Leute."
Mia fühlte sich, als würde ein dunkler Nebel auf sie herabsinken und sie gefangen nehmen. Was redete Davide denn da? Was hatte sie getan?
Doch ehe sie etwas sagen konnte, sprach Davide schon weiter. „Und jetzt tauchst du auch noch mit dieser Kette auf. Ich weiß nicht viel darüber, aber eines weiß ich: Du solltest sie nicht besitzen und nicht tragen. Fahr nach Hause, Mia, geh zurück nach Hamburg."
Davide stand auf und blickte mit dunklen Augen auf sie herab. Die Sonne strahlte genauso wie vor einer Minute, die Lagune glitzerte fröhlich und doch fühlte Mia sich wie abgestorben.
„Ich gehe jetzt, Mia. Es ist besser so. Es tut mir leid … wirklich." Davide drehte sich um, lief durch die Loggia und verschwand hinter den Büschen. Mia hörte nur noch das Knirschen seiner Schuhe auf dem Kies.
„Vorbei", ging es Mia durch den Kopf. Doch Sekunden später meldete sich auch ein Gefühl der Wut. Wie konnte er es wagen, sie so zu behandeln und ihr Dinge vorzuwerfen, die sie gar nicht zu verantworten hatte? Was wusste er denn schon von ihrer Suche? Ihrer Suche nach ihrem Vater und dem Geheimnis, das er offenbar

mit ins Grab genommen hatte. Was wusste er davon, wie es einem ging, wenn man das Gefühl hatte, dass sich die Eltern ins Nichts auflösten? Die Wut tat Mia gut. Entschlossen stand sie auf und eilte durch den Garten, ohne die Grotte eines Blickes zu würdigen. Sie durchquerte die Lobby des 5-Sterne-Hotels, nickte der Concierge kurz zu und fand sich am Fondamente Madonna dell'Orto wieder.

14

Immer noch wütend, spazierte Mia ziellos durch die Gassen und kam zu der Erkenntnis, dass Venedig auch ein hässliches Gesicht haben konnte. Die roten, nur zum Teil verputzten Ziegelsteine rechts und links der schmalen Gassen wirkten schäbig. Die Pflastersteine waren abgetreten und an einigen Stellen von vertrockneten Hundehaufen verziert. Noch heute Morgen hatte sie die über den Gassen flatternde Wäsche für malerisch gehalten. Jetzt fragte sie sich, was daran erstrebenswert sei, unter den Windeln, Schürzen und Unterhosen anderer Leute hindurchzulaufen. Auch vom belebenden Duft nach Salz und Meer war nichts geblieben. Genau genommen, so stellte Mia fest, zog ein muffiger Geruch von den Kanälen durch die Gassen.

Durch die Calle Calderer Cannaregio gelangte Mia schließlich an die Fondamenta della Misericordia. Hier herrschte wenigstens eine fröhliche Stimmung. Es war Mittagszeit und sie beschloss, sich einen Tisch am Kanal zu suchen und ihre schlechte Laune mit einer ordentlichen Portion Pasta und einem Glas Chardonnay zu bekämpfen. Die Osteria „Il Paradiso Perduto“ –

das verlorene Paradies – schien ihr gerade passend für ihre Stimmungslage. Richtig gut gefielen ihr die leuchtend blauen Markisen und die einfachen Holztische mit den Klappstühlen direkt am Wasser. Kaum saß sie, kam auch schon ein Kellner, der ihr Nudelauflauf mit Artischocken von Venedigs Gemüseinsel Sant'Erasmo empfahl. Mias Magen knurrte und so ließ sie sich nicht lange überreden. Um das kulinarische Trostpflaster perfekt zu machen, bestellte sie gleich noch einen Aperol Spritz. Der prickelnde Drink von der Farbe der untergehenden Sonne würde ihre Laune sicher heben und ihr vielleicht ein paar Eingebungen bescheren. Die hätte sie dringend nötig, um aus dem Schlamassel herauszufinden.

Was genau war eigentlich Sache? Mia versuchte, alle Fäden in ihrer Hand zu sortieren, um zu entscheiden, wie es weitergehen könnte. Sie zwang sich, systematisch nachzudenken, ohne sich von Gefühlen und irrationalen Ängsten ablenken zu lassen.

Das waren die Tatsachen, von denen sie wusste: Sie war auf der Suche nach dem Inhalt eines Holzkästchens, der ihr Aufschluss über ein Geheimnis geben würde, das ihr Vater bewahrt hatte. Ihr Vater und sein alter Freund Bruno hatten ihr Hinweise gegeben, um das Kästchen zu finden. Sie beide wussten also Bescheid. Als sie den Kasten schließlich in der Hand gehalten hatte, war er leer gewesen. Sie hatte aber keine Ahnung, wer ihr zuvorgekommen war, woher der Unbekannte von dem Kasten wusste und warum er Interesse an dem Inhalt hatte.

Dann war da noch die Kette, die ihr ein Fremder geschickt hatte. André brachte die Kette mit der Kunstmafia in Verbindung. Doch was hatte sie damit zu tun? Auch Davide hatte die Kette beunruhigt. Apropos Davide: Er verhielt sich mehr als merkwürdig. Einerseits schien er sie wirklich zu mögen, andererseits wandte er sich ab, so als wollte er mit ihr so wenig wie möglich zu tun haben.

Das alles war seltsam. Doch richtig beunruhigend war das Ereignis am Morgen in der Chiesa Madonna dell'Orto. War das ein Anschlag? Was war das Ziel? Sie zu erschrecken oder – sie wagte kaum, das zu denken – sie zu beseitigen?

Sie kannte in Venedig nur Bruno und David. Dazu kamen ihr Zugnachbar André und der unbeschwerte Dylan, mit dem sie das Kästchen gefunden hatte. Keiner der vier Männer kam ernsthaft infrage, wenn es um den Anschlag ging. Es musste noch jemand anderen geben – eine Person oder mehrere, die nicht wollten,

dass sie das Geheimnis lüftete. Und die dabei soweit gingen, ihr nach dem Leben oder zumindest nach ihrer Gesundheit zu trachten.
Das war mehr als beunruhigend. Was sollte sie tun? Vielleicht einfach abreisen, zurück nach Hamburg in ihre vertraute, sichere Welt. Zur Arbeit gehen und am Wochenende mit Felix die Alster umrunden?
Nein, auf keinen Fall! Mia war selbst von der Heftigkeit überrascht, mit der ihr Entschluss fiel. Eine Entscheidung gegen ihr altes Leben und für ein unbekanntes Schicksal, das in Venedig auf sie wartete. Die Artischocken-Lasagne war lange abgeräumt. Doch Mia saß immer noch am Kanal, nippte in kleinen Schlucken an ihrem Aperol und fasste einen Entschluss.

15
Der Unbekannte

Er preschte mit seinem schicken Schnellboot durch die Kanäle Venedigs. Eigentlich wäre heute seine Gondoliere-Schicht gewesen, aber er hatte freigenommen. Die Sonne lachte wunderbar vom Himmel, der Canale Grande glitzerte und die Cafés hatten die Tische rausgestellt. Toll für die Touris. Doch er hatte Sorgen, große Sorgen sogar. Nachher würde er Rede und Antwort stehen müssen. Mal sehen, wen der Bandenboss dieses Mal schickte. Wahrscheinlich wieder diese beiden primitiven Brutalos.

Immerhin hatte er den Brief. Wenigstens dieses verdammte Dokument war in dem Holzkasten gewesen. Bruno, dieser Schwächling, hatte ihm das Versteck verraten und ihm von dem Code erzählt. Kein Wunder, sein Kunsthandel lag am Boden und dem Alten stand das Wasser bis zum Hals.

Auch sein zweiter Plan war aufgegangen. Sein Handlanger hatte ihm, wie verabredet, den Zahlencode gebracht, aber, verdammt, der Code war falsch, warum auch immer. Er hatte den Brief austauschen und den Kasten wieder abschließen wollen. Doch dieser Plan funktionierte nicht mehr. Er hatte den Kasten notgedrungen aufbrechen und den Brief mitnehmen müssen. Natürlich war das verdächtig. Ein leerer Kasten mit aufgebrochenem Schloss? Klar, dass Mia Lunte roch.

Und noch ein zweiter schlimmer Fehler war passiert. Die Kette lag nicht im Kasten. Wo war sie? Wer war der Verräter? Ohne den Brief würde Mia weiter im Dunkeln tappen. Doch die Kette war eine Gefahr. Sie war der Beweis!

Trotz des Fahrtwindes, der den salzigen Geruch der Lagune mit sich führte, schwitzte er und bemerkte, wie sich ein klebriger Film auf seinem Rücken ausbreitete. Er hasste dieses Gefühl. Und er hasste es, wenn ihm die Kontrolle entglitt. Aber er musste den Tatsachen ins Auge blicken. Mia war immer noch brandgefährlich für ihn. Er konnte nur hoffen, dass sie die Drohung heute Morgen in der Chiesa Madonna dell'Orto ernstnehmen würde? Deutlich genug war es ja gewesen. Verdammt, sie sollte endlich abhauen. Zurück nach Deutschland oder wohin auch immer. Venedig gehörte ihm, das musste sie einfach kapieren.

Er bog scharf in den Rio di Noale ein. Wassertropfen spritzten zu Fontänen in die

Höhe und er schaffte es gerade noch, einem Gondoliere auszuweichen, der eine Touri-Familie umherkutschierte. Der Mann schickte ihm einen Fluch hinterher, aber das war ihm egal. Was wussten die schon von seinen Sorgen. Denn, verdammt, was sollte er bloß tun, wenn Mia blieb? Müsste er dann zum Äußersten greifen? Wieder spürte er diese Hitze. Schweiß rann seine Wirbelsäule herab. Nein, das war nicht der Plan gewesen. Er war doch kein Mörder. Doch er hatte die Bande im Nacken.

16

Mia hatte einen Entschluss gefasst. Sie würde in Venedig bleiben und der Sache auf den Grund gehen. Ihr Vater musste noch weitere Spuren hinterlassen haben, da war sie sich ganz sicher. Es gab genau zwei Menschen, die ihm persönlich so nahegestanden hatten, dass sie ihr helfen konnten: Bruno, der alte, missmutige Freund ihres Vaters, und Henriette, ihre Stiefmutter und seine geliebte Partnerin. Sie würde mit beiden sprechen.

Doch zuerst würde sie Dylan anrufen. Sie hatte ein schlechtes Gewissen, dass sie sich noch nicht bei ihm gemeldet hatte. Und außerdem, so musste sie zugeben, würde sie ihn gerne sehen, um Davide eins auszuwischen oder ihn zumindest aus ihren Gedanken zu verbannen.

Dylans Nummer war in ihrem Handy eingespeichert, sodass sie nur auf das Telefonsymbol tippen musste. Er ging sofort ran. „Mia, my dear, how are you? Ich war ganz schön überrascht, dass du so schnell abgehauen bist. Vor allem war ich untröstlich, dass der wunderbare Abend so abrupt zu Ende war.“

Mia war froh, dass Dylan ihr die Aktion offenbar nicht sonderlich übelgenommen hatte. Außerdem fand sie seine gute Laune belebend.
„Tut mit echt leid, Dylan. Ich war so geschockt, dass dieser Kasten leer war. Da bin ich ein bisschen durchgedreht. Ich hoffe, du nimmst mir das nicht allzu übel."
„Aber niemals! Doch du musst Abbitte leisten und mit mir heute Abend ausgehen."
Das ging ja flott, dachte Mia. Doch im Grunde war es genau das, was sie wollte. Davide sollte zur Hölle fahren. „Das wäre wunderbar, Dylan. Hast du eine Idee, wohin wir gehen können?"
„Mmh, mit einem Null-Acht-Fünfzehn-Vorschlag kann ich dir sicher nicht kommen. Wie wäre es, wenn wir uns ein nettes Restaurant auf Giudecca mit Blick auf den Markusplatz suchen?"
Mia scannte in Gedanken die Karte von Venedig. Giudecca? War das nicht diese langgestreckte Insel, die wie eine Sichel aussah und gegenüber der Hauptinsel lag? „Ich war noch nicht auf Giudecca", antwortete sie Dylan. „Aber ich lerne gerne mal was Neues kennen."
„Ich bin vorher noch mit meinen Kommilitonen verabredet. Die Bande ist ganz schön anstrengend. Immer was los mit denen. Doch ich kann mich abseilen. Was hältst du davon, wenn

wir uns, sagen wir mal, um halb acht in der Rooftop Bar des Hilton Hotels auf Giudecca treffen. Das ist sehr romantisch dort und man hat zum Sonnenuntergang einen fantastischen Blick. Du kannst einfach von San Marco mit der Linie 2 oder 4 in ein paar Minuten rüberfahren. Dann steigst an der Station Guidecca Palanca aus und bist nach ein paar Minuten Fußweg am Kanal entlang am Hilton. Wir treffen uns oben."
„Das klingt echt gut, Dylan. Ich freue mich, dich zu sehen."
„Ich freue mich auch, sweetheart."
Schon wieder ein Date mit Dylan, ging es Mia durch den Kopf. Das letzte Mal im Gefängnispalast mussten sie ihre romantische Verabredung ja leider abbrechen. Doch heute würde sie nichts stören. Sie dachte kurz an Davide und den Kuss in der Grotte. Dieser Mistkerl. Sie beschloss, das Date mit Dylan zu genießen.
Sie entschied sich für ihre eng sitzende Jeans mit den ausgefransten Löchern und wählte dazu die schwarzen Wildleder-Stilettos – super-unpraktisch in Venedig mit dem Kopfsteinpflaster, aber das musste einfach sein. Dann streifte sie das weiße, knappsitzende Spitzentop über und hängte sich die kiwigrüne

Sommerlederjacke im Lady-Bikerstil über die Schulter. Perfekt. Sexy, aber nicht overdressed.
Von San Marco war es tatsächlich nicht weit. Das Vaporetto tuckerte gemächlich über die Lagune Richtung San Giorgio mit dem Benediktinerkloster und dem eleganten Glockenturm. Vom Campanile musste man einen grandiosen Blick auf das Häusermeer von Venedig haben, überlegte Mia und sie entschied, der kleinen Insel in den nächsten Tagen einen Besuch abzustatten. Jetzt aber genoss sie erst einmal die Fahrt. Es wehte ein leichter Wind vom Meer und das Boot schaukelte gemütlich über kleine Wellen Richtung Giudecca. Die Sonne wanderte langsam gen Horizont und ließ das Licht sanfter und die Schatten länger werden. Rechts sah Mia die imposante Kirche Santa Maria della Salute, die wie eine Trutzburg den Eingang des Canale Grande bewachte. Ihr weißes Marmorkleid färbte sich im Abendlicht langsam zartrosa und ließ sie wie ein Märchenschloss über dem Wasser schweben.
Am liebsten wäre sie ewig auf dem Vaporetto sitzen geblieben und hätte sich im Abendlicht dem Zauber Venedigs hingeben. Doch schon rutschten die anderen Bootsgäste unruhig auf ihren Sitzen herum und griffen nach ihren Taschen und Rucksäcken. Das Vaporetto

näherte sich der Station Palanca. Mia musste raus.
Die Orientierung war nicht schwer. Sie hatte es sich bereits auf ihrem Handy angeschaut. Sie musste nur nach rechts an dem breiten Canale Giudecca mit Blick auf das Sestiere Dorsoduro entlanggehen und würde bald auf ein ungewöhnliches Gebäude stoßen. Es war Molino Stucky, eine ehemalige Getreidemühle aus dem 19. Jahrhundert im neugotischen Stil, die als Venedig bedeutendstes Industriedenkmal galt. Heute war dort unter anderem das noble Hilton-Hotel untergebracht, auf dessen Dach sie sich mit Dylan treffen würde.
Zu Venedig mit seinen pompösen Renaissance-Palästen aus dem 16. Jahrhundert passte das Gebäude nicht so recht, fand Mia. Der massige Backsteinkomplex erinnerte sie eher an die Speicherstadt im Hamburger Hafen. Sie fand an der Molino Stucky aber schnell den Eingang zum Hilton und fuhr mit dem Fahrstuhl in die achte Etage.
Der Ausflug nach Giudecca hatte sich schon jetzt gelohnt. Wie magisch angezogen lief sie zum Geländer der Dachterrasse und ließ sich von dem Blick verzaubern. In der Ferne schimmerten Markusdom, Dogenpalast und der Campanile wie eine steinerne Fata Morgana

zwischen einem samtblauen Himmel und der dunkel schimmernden Lagune. Die Sonne hatte sich für diesen Tag bereits hinter den Horizont verabschiedet. Doch noch immer sandte sie ihre Strahlen ans Firmament, das sich sanft pfirsichfarben färbte. Hoch oben hing ein blasser Mond am Himmel wie das i-Tüpfelchen auf einem magisch schönen Gemälde.

„Habe ich dir zu viel versprochen?“ Dylan war geräuschlos an sie herangetreten und schien von dem Blick, der sich ihnen bot, ebenfalls verzaubert zu sein.

Mia sagte nichts. Sie lehnte sich nur ein wenig nach hinten, bis sie Dylan spürte. Er legte seine Hände behutsam auf ihre Hüften und so schwiegen sie gemeinsam mit dem Blick auf die Schönheit Venedigs.

Die glühenden Farben am Himmel verblassten, die Silhouette der Stadt wurde zum Scherenschnitt vor einem mondhellen Himmel.

„Lass uns gehen, Mia“, sagte Dylan. „Wir suchen uns ein kleines Bacaro am Wasser, das ist viel romantischer als hier in der Bar zwischen all den gestylten Schickis.“

Mia war das nur recht und so brachte der Fahrstuhl sie wieder runter an den Canale Giudecca. Während in den sechs Sestiere der Hauptinsel schon immer die Reichen und

Mächtigen in ihren Palästen gewohnt hatten, war Guidecca lange die Heimat der Arbeiter und Dienstboten gewesen. Das war auch heute noch zu spüren, wenn auch inzwischen Stars wie George Clooney oder Elton John sich hier – mit Blick auf Markuskirche und Campanile – ein Häuschen zugelegt haben sollen. Trotz allem hatte sich Giudecca seinen fast dörflichen Charme bewahrt. Hier war nichts herausgeputzt und die Uhren tickten eine Spur langsamer. Die Venezianer standen in Alltagskleidung schwatzend in den Gassen oder saßen mit einem Aperol Spritz vor der Nase an einem der wackeligen Tische direkt am Kanal.

Mia und Dylan suchten sich ein winziges Bacaro mit nur zwei runden Tischen vor der Tür. Sie ließen sich nebeneinander auf einer grob gezimmerten Holzbank nieder und blickten auf den Canale mit seinem regen Treiben. Kleine Wassertaxis preschten vorbei, Lastkähne schaukelten gemächlich über die Wellen und weiter draußen fuhren die Vaporettos wie an einer Schnur aufgezogen ihre regulären Routen.

„Ich hol uns was zu essen“, sagte Dylan und verschwand in der Mini-Osteria mit dem abgewetzten Terrazzoboden und den wackeligen Stühlen, die aber eine gut gefüllte Theke mit allerlei venezianischen Köstlichkeiten besaß.

Nach ausführlichen Beratungen mit dem Wirt, wie Mia im Hintergrund hörte, kehrte Dylan mit zwei üppig bestückten Tellern zurück. Gefüllte Oliven, panierter Mozzarella, Thunfischbällchen, eingelegte Sardellen und frittierte Kürbisblüten häuften sich darauf. Dazu, ganz klar, gab es „un ombra", genau genommen zwei, nämlich für beide ein Gläschen Hauswein. Sie genossen die Leckereien genüsslich schweigend.

„Was war eigentlich los neulich Abend, als du abgehauen bist?", fragte Dylan. „War der Inhalt des Kästchens denn so wichtig? Was sollte da überhaupt drin sein?"

Mia hatte keine Lust, darüber zu reden. Sie hatte beschlossen, niemandem mehr zu vertrauen, bis sie wusste, wer hinter ihr her war. „Weiß ich auch nicht so genau", murmelte sie also und steckte sich eine weitere mit Mandeln gefüllte Olive in den Mund.

„Was willst du denn als nächstes tun?"

„Keine Ahnung."

„Okay, okay, du willst nicht darüber reden. Das ist völlig in Ordnung." Dylans Teller war inzwischen leer und er gönnte sich einen weiteren Schluck Wein. „Mia, du bist ein echt cooles Mädchen. Ich würde dich gerne näher kennen lernen." Dylan rutschte auf der Bank

näher an sie heran. Dabei legte er seine Hand auf ihren Oberschenkel und ließ seine Finger in das Fransenloch der Jeans gleiten.
Mia war überrascht, wie schnell er zur Sache kam. Worauf genau wollte er hinaus? Aber hey, sie war jung, Felix, der Langweiler, befand sich weit weg in Hamburg und Davide hatte ihr die kalte Schulter gezeigt. Wollte Dylan mit ihr ins Bett gehen? Das wäre ein aufregendes Abenteuer. Er gefiel ihr. Er war unbeschwert, hatte Humor und war auf eine jungenhafte Art sehr attraktiv. Sicher kein Mann fürs Leben, aber darauf war sie ja auch gar nicht aus – jedenfalls nicht hier und jetzt an diesem lauen Abend. Sie drehte sich zu Dylan hin und tauchte ihren Blick in seine Augen ein. „Ich würde dich auch gerne näher kennen lernen, viel näher", flüsterte sie. Egal, dachte Mia. Sie knipste die Welt um sich herum einfach aus. Sie beide waren hier und jetzt allein wie in einem Kokon – nur sie zwei wie in einem Garten voller geheimnisvoller Düfte.
„Ich hole uns beiden noch einen Ombra, bin gleich wieder da", murmelte Dylan ihr ins Ohr und verschwand in dem winzigen Gastraum des Bacaro.
Mia fühlte sich ein bisschen wie unter einer unbekannten Droge, nicht mehr ganz Herrin

ihrer Sinne. Ihre Augen nahmen den Canale, die Palazzi und die vorbeiflanierenden Leute nur noch verschwommen wahr. Dafür waren andere Sinne schärfer als je zuvor. Sie spürte den Abendwind intensiv über ihre Haut gleiten und nahm den leichten Salzgeruch des Wassers, der von der Lagune herüberwehte, intensiv wahr.

Plötzlich vibrierte Dylans Handy, das auf dem Tisch lag.

17
Alice

Sie kommt nicht mehr. Alice saß in ihrem bevorzugten Sessel aus weichem, taubenblauem Leder und blickte sich um. Wie so oft hielt sie sich in dem lichtdurchfluteten Empfangszimmer im ersten Stock des Palazzo Nero direkt am Canale Grande auf. Üppiger Stuck mit vergoldeten Blattornamenten lief als Bordüre unter der Decke entlang. Seine Ausstrahlung erhielt dieser pompöse und doch heimelige Raum durch die französische Chaiselongue, die beiden reich verzierten Mahagoni-Kommoden mit den barocken Spiegeln darüber, die purpurroten Samtvorhänge und den riesigen Kronleuchter aus venezianischem Glas, ein zartes milchfarbenes Kunstwerk, das wie ein Sternenkosmos unter der hohen Decke hing.
Und dann war da noch der Tintoretto, dieses Gemälde, das jeden gefangen nahm, der es betrachtete. Eine wunderschöne junge Frau in einem tintenblauen Kleid war darauf zu sehen. Sie trug eine auffällige Kette. Der Anhänger zeigte einen tropfenförmigen Granat, der von winzigen schimmernden Perlen umrankt war. Wo war diese Kette jetzt? Verschwunden, wie

so vieles aus ihrem Leben. Damit gab es keinen rechtmäßigen Besitzer mehr da draußen in der Welt für den Tintoretto und sie konnte über das Gemälde wie über all ihren anderen Besitz frei verfügen.

Der Grund, warum Alice sich so gerne in diesem Raum aufhielt, war die Aussicht. Zwischen den Marmorsäulen der ausladenden Terrasse hindurch fiel der Blick auf das lebendige Treiben auf dem Canale Grande und die Palazzi auf der gegenüberliegenden Seite. Wassertaxis preschten vorbei, Lastkähne transportieren früh am Morgen Kisten voller Gemüse sowie Krustentiere und immer wieder schoben sich die eleganten Gondeln ins Bild, wie eh und je gesteuert von stattlichen Männern in gestreiften Shirts und mit Strohhüten auf dem Kopf.

Wenn Alice so dasaß, reisten ihre Gedanken in die Vergangenheit und ihr Herz füllte sich mit Freude. Die Tage damals leuchteten hell und voller Verheißung auf weitere wunderbare Jahre, die kommen würden. Doch dann legte sich plötzlich Dunkelheit über ihre Familie. Erst waren es ein paar lästige Schatten, doch später verlosch alles Licht. Was war ihr geblieben?

Ihr Ehemann Alessandro, dem sie tief verbunden war, hatte sich in den letzten Jahren geistig mehr und mehr verabschiedet. Ja, er erkannte sie noch, doch ansonsten waren seine hellen Momente rar geworden. Sie war froh, ihn – oder wenigstens den Schatten seiner selbst – noch um sich zu haben, sonst würde die Einsamkeit sie allzu sehr bedrücken. Doch eine Hilfe war er nicht mehr.

Auch keine Hilfe bei den Entscheidungen, die sie treffen musste. Über Jahre und Jahrzehnte hatte sie gewartet. Sie hatte auf dieses Mädchen gewartet, an das sie sich nur wie an einen kleinen Engel erinnerte – mit wachen Augen und seidenweichem braunem Haar. 28 Jahre waren vergangen, seit dem Unglück, das allen Lebensmut aus ihr hatte herausfließen lassen. Danach hatte sie nur noch überlebt wie in einer Hülle ihrer selbst. Nur ein kleiner Funken Hoffnung hatte sie innerlich lebendig gehalten, das wurde ihr erst jetzt richtig klar. Doch sie musste akzeptieren, dass dieser Funke ein Irrlicht war. Sie musste jetzt tun, was getan werden musste.

Das Mädchen, ihre Enkelin, würde nicht kommen. Es war an der Zeit, all ihren Besitz und den von Alessandro an ihren Großneffen zu übergeben, so lange sie noch geistig auf der Höhe war. Bei dem Gedanken fühlte sie sich elend. Der Enkel ihres verstorbenen Bruders war ein Nichtsnutz. Er hatte die falschen Freunde,

war immer in Geldnot und hatte nicht den geringsten Respekt vor der jahrhundertealten Tradition ihrer Familie. In seinen Händen sah sie den Palast verfallen. Die wertvollen Möbel würden verscherbelt werden und die Kunstwerke von geldgierigen Auktionshäusern verkauft, an reiche Leute ohne Bezug zu Venedig und der ruhmreichen Geschichte dieser Stadt.
Sie hatte es nicht geschafft, den Geist der Familie da Lago zu bewahren und an die nächsten Generationen weiterzugeben. Das Schicksal war gegen sie gewesen. Diese elende Krankheit, der Fluch auf ihrer Familie, hatte seinen Tribut gefordert. Vielleicht musste sie jetzt die Rechnung bezahlen für all den Ruhm, den Reichtum und Einfluss, den ihre Familie über all die Jahrhunderte genossen hatte. Doch der Preis, den sie zahlen musste, war hoch – zu hoch, fand Alice. Es war mehr, als ein Mensch ertragen konnte. Sie hatte nicht nur ihre Tochter verloren, sondern auch ihren Schwiegersohn und ihre Enkelin. Niemand trug mehr den Namen da Lago außer ihr, Alessandro und ihrem unwürdigen Großneffen.
So war es. Sie konnte nichts mehr tun. Morgen würde André Golding zu Besuch kommen. Einer der wenigen Menschen, denen sie vertraute und

auf dessen Besuch sie sich noch freute. Sie kannte ihn schon seit vielen Jahren. Er hatte sie und Alessandro, als dieser noch aktiv am Leben teilnahm, beraten, wenn es darum ging, eines der wertvollen Gemälde des Palastes für Ausstellungen auszuleihen. Sie wollte mit ihm über den Tintoretto sprechen.

Ihr Großneffe streckte schon seine gierigen Finger danach aus. Er wusste, dass er bald in den ganzen Besitz der Familie kommen würde. Doch den Tintoretto wollte er schon jetzt haben, für eine Kunstausstellung in Stockholm, wie er sagte. Es war wie eine Anzahlung auf den Reichtum, der ihn erwartete. Doch es war Alice mittlerweile egal. Die Kette war niemals mehr aufgetaucht, also sollte er den Tintoretto einfach nehmen. Die leere Stelle an der Palastwand wäre nur eine weitere leere Stelle mehr in ihrem Leben.

18

Mia blickte auf Dylans vibrierendes Handy, das sich wie von Geisterhand auf dem glatten Resopalttisch drehte. Unwillkürlich schaute Mia auf das hell leuchtende Display und sie las den Namen des Absenders: Ricci. War das nicht der unsympathische Gondoliere, den Dylan ihr vor ein paar Tagen bei der Gallerie dell'Accademia vorgestellt hatte? Mia starrte wie gebannt auf den Bildschirm und las die Nachricht: „Hast du Neuigkeiten über sie? Was hat sie vor?"
Plötzlich begriff sie und eine alles durchdringende Kälte breitete sich in ihr aus. Der Zauber fiel von ihr ab wie ein Umhang, den eine Windbö mitnimmt. Sie war wieder Mia, Mia Rosner, das Mädchen aus Hamburg, dem hier in dieser wunderbaren Stadt eine große, offenbar ernsthafte Gefahr drohte.
Oder übertrieb sie? Litt sie an Verfolgungswahn? „Hast du Neuigkeiten von ihr?" Diese Frage konnte sich auf vieles beziehen. Vielleicht auf das Rastamädchen oder eine andere Bekanntschaft? Doch der Instinkt ließ Mia nach ihrer Tasche greifen und diesen Ort fluchtartig verlassen. Erst schritt sie aus, dann begann sie wie in Panik zu rennen. Sie

streifte die Stilettos ab und lief barfuß über die kühlen glatten Steine der Uferpromenade bis zur Vaporetto-Station Palanza.
Sie musste weg. Sie musste einen klaren Kopf bekommen. Dylan, Davide, Bruno, der Gondoliere – immer wieder ging sie die Namen und Gesichter durch. Sie spürte die Gefahr, doch konnte nicht fassen, woher sie kam.
Sie musste die Angst ablegen und ihren ursprünglichen Plan verfolgen. Sie dachte an das ruhige, liebevolle Gesicht ihres Vaters und entspannte sich ein wenig. Morgen früh würde sie bei Bruno und Henriette nachforschen. Einer von beiden würde ihr sagen müssen, wo sie die Spur ihres Vaters wieder aufnehmen könnte.
Als Mia spät am Abend in ihr Appartement mit den sonnengelben Stühlen zurückkehrte, fühlte sie sich dort zum ersten Mal nicht geborgen und zuhause. Sie kontrollierte zweimal, ob die Haustür richtig abgesperrt war, spähte auf die Straße, ob dort vielleicht Leute standen, die ihr verdächtig vorkamen und schloss alle Fensterläden. Doch auch hermetisch abgeriegelt, fühlte sie sich noch bedroht.
Sie musste eine beruhigende Stimme hören. Doch wer kam in Frage? Henriette würde panisch reagieren und wenn sie Felix anrief, würde das in einem Beziehungsgespräch enden.

Das war wirklich das Letzte, was sie jetzt gebrauchen konnte. Ihre Freundin Lina vielleicht? Aber ihr würde sie zu viel erklären müssen, bevor sie überhaupt verstand, worum es ging. Im Grunde gab es nur einen, der die Lage einschätzen konnte und der sehr wahrscheinlich nichts mit alldem zu tun hatte, was in Venedig über sie hereinbrach. Es war André, ihr zufälliger Nachbar auf der Zuganreise nach München. Er schien etwas über die Kette zu wissen und hatte Andeutungen zu einer Gefahr gemacht. Und er wirkte vertrauenswürdig.

Mia griff ihr Handy und wählte seine Nummer.

Das Freizeichen erklang, doch nichts geschah. André nahm nicht ab. Sie war enttäuscht, denn von ihm hatte sie sich Trost und einen guten Rat versprochen. Aber nicht jeder konnte immer verfügbar sein und so musste Mia sich damit begnügen, ihm eine Nachricht zu schicken.

Dann kochte sie sich einen Kräutertee, den sie im Küchenschrank fand, schlüpfte in ihr weiches Blumennachthemd und verkroch sich unter der Bettdecke. Die Nachttischlampe ließ sie brennen, auch wenn ihr das im Zweifel wohl wenig helfen würde. Mia fiel in einen unruhigen Schlaf. Sie rannte auf der Flucht barfuß durch die Gassen Venedigs, ohne jemals einen Feind zu sehen. Dann befand sie sich plötzlich in einem riesigen Saal mit furchteinflößenden Gemälden, in denen Dämonen vom Himmel nach den Menschen griffen. Sie schaute nach oben und sah, wie sich die Balken von der Decke lösten. Sie fielen auf sie herab, das musste das Ende sein.

In diesem Moment wachte Mia schweißgebadet auf. Sie lief zum Schlafzimmerfenster und riss die Fensterläden auf. Gierig sog sie die reine und kühle Luft ein, die von der Lagune herüberzog. Die Glocke einer nahen Kirche läutete zweimal. Wie Totenglocken, ging es Mia durch den Kopf und sie dachte zum ersten Mal, seit sie in Venedig war, an ihre Mutter.

Mia wachte erholter auf, als sie befürchtet hatte. Sie war fest entschlossen, eine Spur zu finden, die zu ihrem Vater und ihrem Geheimnis führte. Sie nahm den Brief noch einmal zur Hand und las: *„Ich schreibe dir diesen Brief, weil ich dir nie viel über deine Mutter und unsere gemeinsame Zeit in Venedig erzählt habe. Es war mir unmöglich, über die tragischen Umstände zu sprechen."*

Diese Worte waren der Schlüssel, das spürte Mia. Es musste etwas Schreckliches passiert sein, so schlimm, dass ihr Vater es ihr verheimlicht hatte.

Mia warf die Nespresso-Maschine an und machte sich einen Kaffee mit einer dicken Haube aus aufgeschäumter Milch. Dazu legte sie sich eine Handvoll Mandel-Cantuccini auf ein Tellerchen. Dann rief sie Henriette an.
„Henriette, Mia hier, alles klar in Hamburg?"
„Kind, wo bist du? Ich mache mir Sorgen um dich. Felix hat sich auch schon nach dir erkundigt. Hier ist alles klar soweit, Nieselwetter, typisch Hamburg halt. Wie geht es dir?"
„Das ist gar nicht so einfach zu beantworten. Venedig ist ein Traum …"
„Und? Ich höre doch, dass dir etwas auf der Seele liegt."
„Es ist … Hier geht etwas Geheimnisvolles vor sich. Ich habe das Gefühl, dass es hier Leute gibt, die nicht wollen, dass ich da bin. Es muss irgendwie mit Papa zu tun haben und dem, was ihm und Mama hier widerfahren ist. Papa wollte mir ja einen Hinweis geben, in einem Kästchen, das ich suchen sollte und gefunden habe. Aber der Kasten war leer. Und nun weiß ich nicht mehr weiter."
„Das klingt ein bisschen unheimlich, Mia. Bist du sicher, dass nicht die Fantasie mit dir durchgeht?"

„Nein, Henriette. Du kennst mich doch. Ich neige nicht zu unnötiger Panik. Aber hier ist etwas im Argen. Es sieht sogar fast so aus, als hätte man versucht, einen Anschlag auf mich zu verüben. Ich habe hier ein paar Leute kennen gelernt, aber mittlerweile weiß ich nicht mehr, wem ich trauen kann."
„Mia, du machst mir Angst. Am besten, du kommst sobald wie möglich zurück nach Hamburg. Du bist bislang ganz gut ohne Venedig ausgekommen und das wirst du auch in Zukunft."
„Ich kann nicht einfach abhauen. Hier ist irgendein dunkles Geheimnis verborgen, was auch mich betrifft. Wenn ich dem nicht auf die Spur komme, wird es mich ein Leben lang begleiten und bedrücken. Ich muss einfach hierbleiben. Aber ich weiß nicht, wie ich jetzt weiter vorgehen soll."
„Ich würde dir zu gerne helfen, aber ich weiß wirklich nicht wie …"
„Du und Papa, ihr wart so vertraut miteinander, du kanntest ihn so gut. Was denkst du über die Sache?"
„Pietros Zeit in Venedig mit deiner Mutter war nie Gesprächsthema zwischen uns. Es gab da etwas, das ihn gequält hat. Aber ich denke, er wollte es vergessen und ich habe diese

Entscheidung respektiert. Mia, du bist wie meine eigene Tochter, das weißt du. Vielleicht wollte ich auch aus Angst, dass sich etwas zwischen uns drei drängt, nicht an der Vergangenheit rühren. Deine leibliche Mutter ist jung gestorben und ich wollte nicht, dass sie in unserem Leben als Schatten weiterlebt. Aber ich verstehe auch, dass ihr Geist jetzt nach Pietros Tod noch einmal aufersteht. Ich werde dir helfen, wo ich kann, denn du musst mit der Vergangenheit leben können. Sonst wirst du niemals glücklich."

„Henriette, ich hätte mir keine bessere Mutter wünschen können als dich, ehrlich. Was immer geschieht oder ich herausfinde, du bleibst für immer meine geliebte Mama."

Mia hörte, wie Henriette schluckte. Sie war ein stiller, zurückhaltender Mensch, aber steckte voller tiefer Gefühle und würde immer an ihre Seite stehen.

„Was denkst du, wo könnte ich hier in Venedig suchen, wenn ich etwas über Papa und meine Mutter herausfinden wollte?"

„Mir fällt nur ein einziger Ort ein. Es ist das Grab deiner Mutter auf der Friedhofsinsel San Michele. Sie liegt nahe dem Grab von Igor Strawinsky, du weißt, der berühmte russische Komponist. Dein Vater hat an ihre letzte

Ruhestätte jedes Jahr zu ihrem Todesdatum einen Strauß aus weißen Lilien bringen lassen. Ich weiß das, weil ich die Rechnungen gesehen habe."

Das Grab. Mia spürte ihr Herz heftig klopfen. Noch nie fühlte sie ihre Mutter so nah. Warum war sie nicht früher darauf gekommen? Ihre Mutter musste hier in Venedig begraben sein. Sie würde diese letzte Ruhestätte finden. Würde ihr das die Antworten geben, die sie suchte?

„Aber sei vorsichtig, Mia. Ich weiß nicht, was damals in Venedig passiert ist, aber es muss etwas Schreckliches gewesen sein. Du darfst nicht auch noch in diesen Strudel hereingezogen werden. Mia, ich darf dich nicht verlieren. Bitte, bitte versprich mir, dass du vorsichtig bist."

„Ich verspreche es, alles wird gut, Henriette. Ich liebe dich", und damit legte Mia auf.

19

Mia fand schnell heraus, dass das Vaporetto nach San Michele von der Fondamenta Nuove abfuhr. Sie lag nur einen kurzen Fußweg von ihrem Appartement entfernt. Tief in Überlegungen versunken, schlenderte Mia zur Haltestelle. Würde sich dieser Ausflug lohnen? Würde sie eine neue Spur finden?

Noch immer in Gedanken, ging Mia an Bord des Wassertaxis und suchte sich einen Sitzplatz auf der rechten Seite, sodass sie schon bei der Anfahrt einen Blick auf die „Insel der Toten“ werfen konnte, die zwischen der Hauptinsel und der Glasbläserinsel Murano lag. Die Überfahrt dauerte nur wenige Minuten. San Michele lag abweisend und wie verlassen da, umspült von den Wellen der Lagune. Umfasst war der Friedhof Venedigs von einer roten Backsteinmauer, die von vergitterten Eisentoren unterbrochen war. Dahinter ragten schlanke Zypressen wie tausende grüne Finger in den Himmel.

Heute ruhten die Toten auf San Michele aus Platzmangel in Kolumbarien, hatte Mia in ihrem Reiseführer gelesen. Die Grabkammern für die Urnen waren wie in einem Taubenschlag in langen Reihen übereinander angeordnet. Ihre Mutter aber, so hatte Henriette gesagt, läge nahe dem Grab von Igor Strawinsky, also im alten Teil des Friedhofs mit konventionellen Gräbern. Mia war froh, dass sie diese Information hatte, denn sonst wäre es fast unmöglich gewesen, zwischen all den vergangenen Seelen das Grab ihrer Mutter zu finden.

Mia hatte ein wenig Angst vor den Gefühlen, die sie am Grab ihrer Mutter überfallen könnten. Sie wollte die Begegnung noch etwas hinauszögern und lief erst zur Chiesa San Michele, deren weiße Marmorfassade sie schon von der Lagune aus gesehen hatte. Nachdem sie einen kurzen Blick in das fast quadratische Innere des Gotteshauses geworfen hatte, spazierte sie durch den Kreuzgang der Klosteranlage, der einen Innenhof mit einem leise plätschernden Springbrunnen umrahmte. Hier mussten früher die Mönche und Nonnen auf ihrem Weg zur Andacht entlanggeeilt sein. Mia genoss den angenehm kühlen Schatten unter den Arkaden und kam ein wenig zur Ruhe. Dann trat sie beherzt ins Freie und fragte einen Friedhofsgärtner nach dem Grab von Igor Strawinsky.

Es lag im alten Teil des Friedhofs, der wie ein Paradiesgarten mit hohen Palmen,

Hortensienbüschen und Buchsbaumkugeln angelegt war. Mias Weg führte durch eine Allee aus hoch aufragenden, schlanken Zypressen, vorbei an stuckverzierten Kapellen mit Engelsfiguren und imposanten, von Säulen getragenen Familiengrüften. Wie der Gärtner ihr erklärt hatte, fand sie am Ende der Allee die Ruhestätte von Strawinsky und seiner Frau Vera. Es waren schlichte Grabplatten aus Marmor mit Namensschriftzug und einem Kreuz. Blütenblätter und Blumensträuße, manche ganz frisch, andere trocken und verblasst, zeugten von einer auch heute noch anhaltenden Verehrung für den genialen Komponisten.

Doch Mia suchte etwas anderes. Mama, wo bist du? Sie drehte sich im Kreis und lauschte dem Knirschen der Kiessteine unter ihren Schuhen. Ihr Blick blieb an einer terrakottafarbenen Mauer aus grob gehauenen Backsteinen hängen. Dicht an dicht waren darin Schreine aus weißem Marmor eingelassen. Manche trugen eine lange Liste von eingravierten Namen, die nächsten zeigten nur ein schlichtes Kreuz. Vor anderen wiederum brannten Grablichter oder es waren frische Blumen in Steinvasen gesteckt worden. Mia schlenderte an der Mauer entlang, entzifferte die Inschriften und lauschte den

Vögeln, die sich von der Friedhofsatmosphäre offenbar nicht gestört fühlten und ein fröhliches Zwitscherkonzert angestimmt hatten.
Ganz am Ende der Backsteinmauer, die an dieser Stelle um neunzig Grad um die Ecke bog, zog ein hoher Schrein mit einem schmalen Kreuz unter dem Spitzbogen Mias Aufmerksamkeit auf sich. Den hellen Marmorstein zierte die eingemeißelte anmutige Gestalt einer Frau, die ihr Gesicht zu Boden gesenkt hatte und es halb mit einem Tuch verbarg. Auf einem Sims darunter stand eine schmiedeeiserne Laterne, in der ein Grablicht brannte. Nur ein Name war eingraviert: Anna-Giulia, darunter das Todesdatum 12.10.1960. Unter dem Sims war auf einem großen Steinquader das Wort „Warum?" eingehauen.
Mia stand wie versteinert da. Ihre Mutter war für sie bislang nicht mehr als ein Schatten aus der Vergangenheit gewesen. Ein ferner Geist, mit dem sie und ihr heutiges Leben wenig zu tun hatten. Doch nun überfiel sie die Erkenntnis, dass ihre Mutter eine Frau aus Fleisch und Blut gewesen war. Eine Frau mit Wünschen, Leidenschaften und Plänen. Eine Frau, die ein kleines Kind, nämlich sie, Mia, in den Armen gehalten hatte. Ein Mensch, der eine Familie gehabt hatte und der dann plötzlich aus dem

Leben gerissen wurde. Ihre Mutter war damals etwa so alt gewesen wie Mia jetzt. Ein Schauer fuhr Mia bei dem Gedanken über den Rücken, wie plötzlich das Leben zu Ende gehen konnte. Es blieb dann nichts mehr als ein schnell vergänglicher Körper, der rasch unter die Erde gebracht werden musste und eine Grabstelle als Platz der Trauer für die Angehörigen.
Doch wer kam hierher, um ihre Mutter zu betrauern? Alle Familienmitglieder waren tot, hatte ihr Vater erzählt. Gab es vielleicht doch noch jemanden, den er ihr verschwiegen hatte? Und warum hatte Anna-Giulia ein Grab ganz für sich allein? Mia fühlte sich elend. Sie hatte die Stelle gefunden, an der die sterblichen Überreste ihrer Mutter begraben lagen, trotzdem herrschte in ihrem Kopf nur Leere. Was sollte ihr dieser Schrein sagen? Was sollte ihr die Inschrift sagen? Mia fuhr geistesabwesend über die eingravierten Schriftzüge. Einige Buchstaben waren nur noch schwach zu lesen, zu lange war der Stein Wind und Wetter ausgesetzt gewesen. Ihre Finger tasteten über das Wort „Warum?“. Genau das war die Frage. Sie fuhr das „W“ nach und spürte beim „A“, wie der Quader ein wenig nachgab. Fast wie im Verlies des Gefängnispalastes, wo sie gemeinsam mit Dylan das Mahagonikästchen gefunden hatte.

Mia spürte, wie sie zu schwitzen begann. Ihr Rücken fühlte sich unter ihrem T-Shirt nass an und ihre Finger waren feucht. Die Vögel zwitscherten immer noch, aber ihr Gesang klang jetzt schrill und warnend. Mia schaute sich um, doch weit und breit war kein Mensch zu sehen. Sie fühlte sich sicher, denn Schritte waren auf dem Kiesweg von weit her gut zu hören. Sie versuchte, ihren Zeigefinger in den Spalt zwischen dem beweglichen Steinquader und der Platte zu schieben. Doch mit ihren kurzen Fingernägeln hatte sie keine Chance. Hektisch kramte sie in ihrer Handtasche, um einen geeigneten Gegenstand zu finden, der in die Ritze passen würde. Haarnadeln, ein Kugelschreiber? Alles nutzlos. Sie schaute sich suchend um und entdeckte eine kurze Harke, die hinter einem Gebüsch abgestellt war. Wahrscheinlich der Besitz eines Friedhofsbesuchers, der regelmäßig das Grab eines geliebten Menschen pflegte.

Sie würde sich die Harke ausleihen und dann wieder hinstellen, entschied Mia. Sie hatte Glück. Die Zacken waren stabil und ließen sich in den Spalt einführen. Sie ruckelte den Stein ein paar Millimeter heraus und wiederholte ihre Bemühungen an der gegenüberliegenden Seite. Ganz langsam bewegte sich der Quader ein

wenig nach draußen. Mia war so in die Arbeit vertieft, dass sie nicht mehr darüber nachdachte, was das wohl alles zu bedeuten hatte.
Sie merkte erst auf, als sie das Knirschen auf dem Kiesweg hörte. Eine alte Frau, die von einem jungen Mann gestützt wurde, kam näher. Beide schauten neugierig zu ihr herüber. Es musste merkwürdig aussehen, wie sie vor dem Schrein kniete und ihn mit einer Handharke bearbeitete. Mia stand schnell auf, wischte sich die Hände an den Hosenbeinen ab und lächelte die beiden freundlich an. „Ich kratze das Moos aus den Marmorfugen“, sagte sie geistesgegenwärtig, doch die beiden waren schon wieder in ihr Gespräch vertieft und gingen vorbei.
Sofort machte Mia sich erneut an die Arbeit. Die Sonne brannte ihr auf den Kopf und ein paar Haarsträhnen hingen ihr feucht ins Gesicht. Doch irgendwann gelang es ihr, den Stein ein paar Zentimeter herauszuhebeln. Das könnte reichen, um ihn mit den Fingern zu greifen. Mia war ihr Aussehen inzwischen egal und sie rieb sich die Hände an ihrem T-Shirt trocken. Ein paar Mal rutschte sie ab, doch dann bekam sie den Stein mit dem Daumen und Zeigefinger zu fassen. Sie konnte ihn hin- und herruckeln, so

dass er sich langsam aus der Grabplatte herausbewegte.
Es ist genau wie im Gefängnispalast, dachte Mia. Sie fühlte sich, als würden ihre Handlungen ferngesteuert. Der Stein war schwer und kühl. Sie legte ihn ins Gras und hob den Arm, um in das dunkle Loch zu greifen. Langsam tasteten sich ihre Finger vor und stießen an einen Gegenstand. Seine Oberfläche war glatt, aber er fühlte sich wärmer an als der Marmor. An der Frontseite befand sich ein Metallriegel. Mia zog daran.
Fassungslos blickte Mia auf den Gegenstand. Es war ein zweites Kästchen. Etwas kleiner, aber das gleiche, rötlich schimmernde Holz. Doch es gab einen entscheidenden Unterschied. Mia wusste jetzt, dass sie dem Geheimnis auf der Spur war.

20
Der Unbekannte

Die Schlinge zog sich immer weiter um seinen Hals. Die Bande machte Druck. Vor allem dieser Salvatore war ein echter Schlächter. Und sein Kumpel Silvio war eine verschlagene Ratte. Die beiden waren die Handlanger dieser skrupellosen Kunsthändlerbande, mit denen er sich dummerweise eingelassen hatte. Dahinter stand ein brasilianischer Oligarch aus Rio de Janeiro, der alles tun würde, um an den Tintoretto aus dem Palazzo der da Lagos heranzukommen.

Dabei wäre es gar nicht nötig gewesen, sich mit diesen Verbrechern auf einen Deal einzulassen. Er würde sowieso bald genug Geld haben. Er war einfach zu gierig geworden und hatte sich von der eindrucksvollen Geldsumme blenden lassen, die sie ihm für das Gemälde geboten hatten. Dieser verdammte Tintoretto. Er hatte seine Großtante Alice überzeugt, ihm das Gemälde für eine Ausstellung zu überlassen. Er mochte Alice eigentlich ganz gerne, doch sie wurde alt und würde sowieso nicht mehr lange etwas von all ihren Kunstwerken und dem Prunkpalast haben. Da konnte sie ihm gleich alles überschreiben. Über kurz oder lang würde er das Geld brauchen.

Er hatte sich einen ausschweifenden Lebensstil angewöhnt. Ein übertrieben teures Penthouse mit allem modernen Schnickschnack auf dem Lido, ein aufgemotztes BMW 6er Coupé auf dem Festland für Spritztouren in die Abruzzen oder nach Mailand und dann all die Partys, bei denen reichlich Champagner floss. Ja, er hatte die Gondoliere-Lizenz von seinem Vater geerbt. Dazu eine Flotte mit neun glänzend schwarzen Gondeln, alle prächtig in Schuss. Das brachte ihm eine schöne Einnahme, denn die Touristen zahlten die hohen Preise ohne großes Murren. Seitdem immer mehr Chinesen und Russen kamen, hatten sie die Preise noch einmal anziehen können.

Trotzdem war er immer mehr in die Miesen gerutscht, verdammt. Schließlich hatte er diesem Salvatore zugesagt, den Tintoretto zu besorgen. Mit Alice war alles soweit eingefädelt. Doch dann kam diese Mia in die Stadt. Nach so vielen Jahren tauchte sie plötzlich wie aus dem Nichts auf.

Wenn sie herausfinden würde, dass sie die Enkelin von Alice war und – er traute sich gar nicht, diesen Gedanken zu Ende zu führen – falls sie dann auch noch diese Kette besitzen

würde, hätte er verloren. Sein ganzes Kartenhaus würde zusammenbrechen. Kein Erbe von Alice, keinen Tintoretto. Schluss, aus und vorbei.
Die Bande würde ihn in der Luft zerreißen, wenn er den Tintoretto nicht lieferte. Da könnte er noch so viel erklären oder rumheulen. Die würden ihn gnadenlos fertigmachen. Er hatte gesehen, wie sie arbeiteten und traute ihnen alles zu.
Es ging um sein Leben – und das wollte er gerne behalten. Er musste Mia opfern. Er tat das nicht gerne, Gewalt war nicht sein Ding. Ja, mal ein bisschen tricksen, ein kleiner Betrug hier und da. Er war nicht stolz darauf, aber er konnte damit gut leben. Doch rohe Gewalt oder jemanden beseitigen, das ging weit über seine Vorstellungskraft hinaus.
Doch ihm war keine Wahl geblieben. Er hatte Salvatore und Silvio gesagt, was Sache war. Sie mussten sich jetzt um Mia kümmern. Sie mussten herausfinden, was Mia wusste und sie mussten in Erfahrung bringen, ob sie die Kette hatte. Würde sie mit der Kette bei Alice auftauchen, wäre alles verloren. Sie könnte beweisen, dass sie die rechtmäßige Erbin und auch Besitzerin des Tintorettos war.

21

Mia starrte auf das Kästchen, das sie am Grab ihrer Mutter gefunden hatte. Sein Schloss ähnelte dem des ersten Kastens, doch es gab einen entscheidenden Unterschied: Dieses Schloss war intakt! Es war vor ihr niemand dort gewesen. Nun hatte sie endlich die Chance, eine Spur zu finden, so wie ihr Vater es gewollt hatte. Mia fühlte sich nicht sicher auf dem Friedhof, zumal sie schon wieder knirschende Schritte auf dem Kies hörte. Kurzentschlossen griff sie das Kästchen und stopfte es in ihre Handtasche. In dem Moment war sie froh, dass sie immer so viele persönliche Dinge mit sich herumschleppte und ihre Handtasche deshalb eher einem Einkaufsbeutel glich. Dann griff sie schnell nach dem Stein und schob ihn zurück an seinen Platz. Sie war zufrieden mit ihrem Werk. Wer nicht ganz genau hinschaute, würde nicht merken, dass der Stein entfernt worden war.

Sie blieb noch kurz stehen, um ihrer Mutter einen Gruß ins Jenseits zu schicken. Sie fühlte eine Dankbarkeit, denn immerhin verdankte sie dieser Frau, die so jung gestorben war, ihr Leben. Dann lief sie raschen Schrittes zum Anleger des Vaporettos. Ihr Handy meldete mit

dem bekannten Harfen-Dreiklang, dass eine Nachricht eingegangen war. Sie würde sie am Anleger lesen. Jetzt wollte sie erst einmal so schnell wie möglich vom Friedhof weg.
Der Anleger war leer. Das Vaporetto hatte gerade abgelegt und zog auf seinem Weg Richtung Cannaregio eine Schaumspur hinter sich her. Mia holte ihr Handy aus der Tasche. Davide hatte sich gemeldet. Ihr spontaner Gedanke war, die Nachricht einfach ungelesen zu löschen. Es wäre sicher das Beste, diesen Kerl so schnell wie möglich aus ihrem Gedächtnis zu verbannen. Doch ihre Neugier siegte und sie öffnete den Text.
„Mia, bitte lies diese Nachricht. Du musst total sauer auf mich sein – zu Recht! Ich habe mich schrecklich verhalten. Du bedeutest mir etwas, glaub mir. Es hat einen Grund, warum ich einfach abgehauen bin. Ich kann, ich darf, ihn dir aber nicht sagen – zumindest noch nicht. Bitte vertrau mir trotzdem. Ich glaube, du bist in Gefahr. Bitte sei vorsichtig und melde dich, wenn du Hilfe brauchst. Ich weiß nicht, ob du mir glaubst – aber ich hoffe es. Ich möchte dich wiedersehen. Davide“
Mia war hin- und hergerissen von ihren Gefühlen. Einerseits hüpfte ihr Herz vor Freude, dass Davide sie wiedersehen wollte.

Andererseits wusste sie nicht, ob sie ihm trauen konnte. Dazu beunruhigte sie, dass auch Davide der Meinung war, dass sie in Gefahr war.
Sie würde sich einen ruhigen Platz suchen, um das Kästchen zu öffnen. Darin würde sie einen Hinweis ihres Vaters finden. Dann könnte sie überlegen, wie es weitergehen sollte.
Mia hörte das leise Tuckern eines Vaporettos, das sich von der Insel Murano näherte. Das war ihre Linie, die sie zurück zur Fondamenta Nove bringen würde. An Bord herrschte eine gelöste Stimmung. Die meisten Passagiere waren Touristen, die sich die Glasbläserwerkstätten auf Murano angeschaut und in den Läden ein paar Souvenirs ergattert hatten. Alle wirkten fröhlich und sorglos. Mia fühlte sich plötzlich fremd und ausgeschlossen. Sie war hier in Venedig schon lange keine Touristin mehr. Irgendetwas, das sie nicht greifen konnte, verband sie mit der Stadt. Schlimmer noch: Es gab hier jemanden, der ihr Böses wollte.
Das Vaporetto legte an und Mia wurde im Pulk der Touristen von Bord geschoben. Um den Menschenmassen mit ihren Souvenirtüten zu entgehen, bog sie von der Promenade schnell in eine Seitengasse ab.
Dort fand sie eine winzige, abgewrackte Bar mit nur zwei Tischchen vor der Tür. Sie ließ sich auf

einen wackligen Thonet-Stuhl plumpsen und war froh, dass es hier ruhig war. Venedig war in dieser Hinsicht ein Phänomen. Auf den Rennstrecken zwischen den Hauptsehenswürdigkeiten ging es zu wie auf einer Ameisenstraße. Sobald man aber die Touristenwege verließ, wurde es plötzlich still, ja fast verlassen. Ein missmutiger Kellner reckte seinen Bauch aus der Tür, um ihre Bestellung aufzunehmen. Mia wollte nur einen Espresso und ein Glas Wasser. Wortlos verabschiedete sich der Mann wieder ins Innere der Bar, die düster wirkte und leicht muffelig roch. Immerhin schien es eine funktionierende Kaffeemaschine zu geben, denn der Espresso mit einer perfekten Crema stand in Windeseile auf ihrem Tisch.

Mia leerte die Tasse mit der herben, heißen Flüssigkeit in zwei Schlucken und griff in ihre Tasche, um den Mahagoni-Kasten herauszufischen. Er hatte ein ähnliches Zahlenschloss wie der Kasten aus dem Gefängnispalast und Mia war sicher, dass ihr Code aus der Scuola Grande di San Rocco passen würde. Sie hatte ihn mit dem Handy fotografiert: 82150. Sorgfältig stellte sie die kleinen Metallzacken in die richtige Position. Dann zog sie langsam an dem Zapfen, um ihn herauszuziehen. Nichts. Der Zapfen bewegte sich kein bisschen. Mia spürte die Verzweiflung hochsteigen. Sollte das schon wieder eine Sackgasse sein? Warum hatte das Schicksal kein Mitleid mit ihr?

Sie fühlte eine leichte Übelkeit. Sie schwitzte und befürchtete, dass sie sich übergeben müsste. Sie ließ alles stehen und liegen und eilte in die Bar, um die Toilette zu suchen. Der Kellner zeigte wortlos eine kleine Holztreppe hinauf, die laut quietschte, als Mia hochlief. Der Vorraum der Toilette war winzig, hatte aber ein kleines, vielfach gesprungenes Waschbecken mit einem halbblinden Spiegel darüber. Mia starrte in den Spiegel und erschrak über ihr bleiches Gesicht, in dem ihre Augen übergroß erschienen. Hinter ihr hing ein verknicktes Plakat, das auf eine Ausstellung hinwies. Mia konnte das Datum nicht entziffern, denn die Zahlen waren spiegelverkehrt.

Sie starrte weiter vor sich hin. Irgendwo in der Tiefe ihres Gehirns meldete sich ein Gedanke. Er schien wichtig zu sein, doch Mia bekam ihn nicht zu fassen. Sie heftete ihre Augen weiter auf den Spiegel und konzentrierte sich auf ihren Atem. Sie sog die Luft tief in die Lunge ein und merkte, wie ihr Kopf klarer wurde. Und da war er plötzlich, der Gedanke: spiegelverkehrt!

Ihr Vater hatte geschrieben, sie müsse den Code spiegelverkehrt nutzen. Wie konnte sie diese wichtige Information nur vergessen? Sie hielt ihr Handy mit der Nummer vor den Toilettenspiegel und merkte, wie ihre Aufregung stieg. Im Spiegel erschienen die Zahlen 02158.

Die Übelkeit war wie weggeblasen. Mia eilte aus der Bar zu ihrem Tisch und machte sich erneut daran, das Kästchen zu öffnen. Dieses Mal spürte sie, wie die Zahlen nacheinander leise klackend einrasteten. Sie zwang sich zur Ruhe. Doch als sie als letzte Zahl die 8 einstellte, hielt sie vor lauter Anspannung den Atem an. Sie zog vorsichtig an dem Zapfen – und er bewegte sich langsam aus dem Schloss. Als sie ihn herausgezogen hatte, konnte sie den Riegel aufklappen und das Kästchen öffnen. Es war innen wie außen aus blankpoliertem Mahagoni. Aus seinem Inneren drang ein leicht schimmeliger Geruch. Doch der Inhalt schien unversehrt: ein Brief mit der Handschrift ihres Vaters auf dem Kuvert.

Mia überfiel eine tiefe Traurigkeit. Der Schriftzug wirkte so lebendig, doch ihr Vater war nun schon ein paar Monate unter der Erde. Dann griff sie nach dem Umschlag, der sich feucht anfühlte, und steckte ihn in den Hosenbund ihrer Jeans. Vielleicht wollte sie ihn mit ihrem Körper beschützen, vielleicht auch nur die Nähe ihres Vaters spüren. Unwillkürlich griff sie sich an den Hals und fühlte die Kette, die sich ebenso geheimnisvoll anfasste wie der Brief. Beides, so war sie sicher, würde sie auf einen Weg führen, dessen Ende sie noch nicht ahnen konnte.

Mia legte ein paar Münzen als Bezahlung auf den Tisch, stopfte den Kasten wieder in ihre Handtasche und machte sich auf den Weg. Sie wollte sich einen ruhigen Platz suchen, um den Brief zu lesen. Und ihr war auch schon klar, wo dieser Ort zu finden war.

22

Sie lief vorbei an der Chiesa di Santa Maria, dann über den Campo dei Gesuiti und über die Mini-Brücke Ponte die Gesuiti in die Salizada Seriman, eines der schmalen Gässchen Cannaregios. Der Putz bröckelte von den Backsteinmauern und die grün gestrichenen Eingangstüren hatten neue Farbe nötig. Diese war eine der glanzlosen, abgewrackten Gassen Venedigs, von denen es nicht wenige gab. Einige Wäscheleinen waren zwischen den Häusern gespannt, doch waren sie leer, bis auf einige zerfetzte Handtücher, die sicher schon viele Wochen dem Wind und Wetter ausgesetzt waren. Die Fensterläden waren allesamt geschlossen, so als sei die Straße vollkommen unbewohnt. Mia hörte ihre Sandalen auf den Steinen überlaut klackern. Die düstere Stimmung in der muffig riechenden Gasse beklemmte sie. Es war niemand zu sehen oder zu hören und doch hatte sie das Gefühl, nicht allein zu sein. Erst widerstand sie der Versuchung, doch dann drehte sie ihren Kopf langsam nach hinten. Ihr Instinkt hatte sie nicht getäuscht. Sie sah zwei Männer in etwa hundert Metern Entfernung, der eine stämmig, der andere mittelgroß und schlaksig. Sie liefen zielstrebig die Gasse entlang ihr nach. Das waren sicher keine Touristen, die umherbummelten. Mia fühlte sich nicht wohl und beschleunigte ihre Schritte. Ihr schien, als würden auch die beiden Männer hinter ihr schneller gehen und näherkommen.

Normalerweise rief sie sich in einer solchen Situation zur Ruhe. Meist war die Panik unnötig und die Folge von überspannten Nerven oder zu viel Fantasie. Doch Venedig hatte sie gelehrt, dass es hier für sie echte Gefahren gab. Ihr Herz begann zu rasen und sie atmete hektisch ein und aus. Dann packte sie ihre Tasche fester, klemmte sie unter den Arm und legte einen Sprint ein. Rund fünfzig Meter vor ihr bog eine weitere kleine Gasse ab, in die sie hineinlief. Auf der rechten Seite öffnete sich ein Torbogen. Ohne lange zu überlegen, rannte Mia in die fast lichtlose Unterführung, die am Rio de Santa Caterina endete. Eine Sackgasse, wie sie feststellen musste. Mias Herz pochte wild gegen ihre Brust und ein Gefühl der Ohnmacht überkam sie. Hier war sie ganz auf sich gestellt. An diesem einsamen Ort, mit dem Kanal im Rücken, würde ihr niemand helfen, niemand würde ihre Hilfeschreie hören.

Ihre Gedanken rasten und versuchten, eine Lösung zu finden, die es nicht gab. Doch eines war noch zu tun. Ihr blieben nur wenige Sekunden, denn sie hörte die schweren Schritte der Männer auf der Hauptgasse näherkommen. Mia blickte um sich und entdeckte, was sie gehofft hatte. Auf ihrer Höhe befand sich ein Fensterladen, dessen beiden Flügel mit einem Messinghaken verschlossen waren. Zwischen den Holzlamellen und dem Fenster gab es einen Schlitz. Trotz ihrer Panik gelang es Mia, den Verschluss der Kette um ihren Hals zu lösen. Dann riss sie den Briefumschlag ihres Vaters aus dem Hosenbund und stopfte beides in den Spalt.

Keine Sekunde zu spät, denn fast zeitgleich bogen die beiden Männer um die Ecke und näherten sich. Hinter ihr war das Wasser. Sie konnte nicht vor, da waren die Männer, und nicht zurück. Da sah sie auch schon das hämische Grinsen des Stämmigen in seinem feisten, glänzenden Gesicht. „Haben wir dich, du kleine Hure", murmelte er. Der Schlaksige hatte eine käsige Haut und schaute ausdruckslos. Er würde ihr sicher nicht helfen. Selten fühlte Mia sich so ohnmächtig. Ihr war danach zu kämpfen. Doch wie und womit? Sie hatte nichts. Sie schleuderte ihre Tasche am Henkel wie zur

Abwehr vor sich hin und her, wusste aber gleichzeitig, wie lächerlich das war. Das fand der Stämmige offenbar auch, denn er lachte rau auf. „Ganz schön kess, wird dir aber nichts helfen", zischte er. Inzwischen waren die Männer bis auf Armlänge an sie herangekommen und sie konnte ihren säuerlichen Schweiß riechen. Übelkeit stieg in ihr hoch. Dann waren die Männer auch schon bei ihr. Jeder griff einen ihrer Oberarme, so als hätten sie es vorher abgesprochen und sie spürte den brutalen Druck. Ihr ganzer Körper wehrte sich. Sie wand sich im Griff der Männer und versuchte zu treten. Doch ihre Beine zielten ins Leere. „Bald gibst du Ruhe", sagte der Stämmige. Fast gleichzeitig spürte sie einen stechenden Schmerz in ihrem Oberarm. Sie hörte ihren eigenen Schrei und spürte sofort darauf eine fleischige Hand auf ihrem Mund. Wie unter einer Lupe nahmen ihre Augen die schwarzen Haarbüschel auf den Fingern wahr. Sie hatte das Gefühl, sich übergeben zu müssen. Doch ihr war klar, dass das ihr Ende sein konnte. Sie schluckte trocken runter und erschlaffte.

Nicht nur, weil sie aufgegeben hatte, wie sie mit ihren letzten klaren Gedanken feststellte. Nein, ihr schwanden tatsächlich die Sinne. Sicher rührte der stechende Schmerz von einer Spritze, die sie ihr gegeben hatten. Graue Schleier schwebten vor ihren Augen, ihr Atem wurde flach und sie merkte, wie sie wegdämmerte, ohne das Geringste dagegen tun zu können.

23

Mia kam zu sich. Es war dunkel und ihr Rücken schmerzte. Sie lag seltsam gekrümmt auf einem harten, unebenen Boden. Alles schwankte. Mia fragte sich, ob ihr Gleichgewichtssinn ihr einen Streich spielte. Doch dann hörte sie das Plätschern und ihr wurde klar, dass sie sich auf einem Boot befand. Schließlich bin ich in Venedig, ging es ihr mit einem Anflug von Humor durch den Kopf. Immerhin funktionierte ihr Gehirn noch. Ihr Kopf dröhnte vor Schmerzen und ihr Mund, auf den ein Knebel drückte, fühlte sich rau und trocken an. Wieder wurde ihr übel, doch sie wusste, dass sie nicht zulassen durfte, dass ihr der Mageninhalt in den Rachen stieg. Mit dem Knebel im Mund war das lebensgefährlich. Sie musste sich beruhigen und konzentrieren. Sie dachte an ihre Yogastunden, die immer mit einer Atemmeditation endeten. Sie sog die Luft also langsam und bewusst durch die Nase ein und konzentrierte sich auf das Fließen des Atems. Das half ein wenig. Doch dann überlief sie schon wieder eine bleierne Müdigkeit und sie merkte, wie sie erneut einschlief.

Als sie das nächste Mal aufwachte, zogen die Männer sie über einen Holzsteg an Land. Ihre Beine schleiften nutzlos über den Boden und die Füße scharrten über die Planken. „Wo bin ich", murmelte sie. „Poveglia", sagte eine Stimme, die sie nicht kannte. Das musste der Schlaksige sein. „Halt dein dummes Maul", blaffte der Stämmige.

Mia konnte ihre Beine nicht gebrauchen. Doch die beiden Männer kostete es offenbar keine Mühe, sie weiterzuschleppen. Sie mussten auf einer Insel sein. Alles wucherte grün, war aber ungepflegt. Mia sah verwitterten Maschendrahtzaun und Geröll herumliegen. Dann kamen ein paar Gebäude ins Blickfeld. Es waren Ruinen, halb zerfallen und mit eingesunkenen Dächern. Überall lag Schutt herum, zerbrochene Steine, verbogene Eisenstangen und zersplittertes Holz. Dazwischen verrostete Geräte, die wie überdimensionale Waschkessel wirkten. Und mit Moos überwucherte Betontröge, die aussahen wie aus dem Waschsaal einer Jugendherberge.

Die Männer zogen Mia ein paar kaputte Steinstufen hinauf in einen großen Saal mit einer hohen Decke aus Holzkassetten, die an einigen Stellen herausgebrochen waren und sich auf dem

Boden verteilten. Staub lag in der Luft und Mia musste niesen, was bei ihr wegen des Knebels einen Panikanfall auslöste. Ruhig einatmen, dann ausatmen, lautete ihr inneres Mantra. Dieser Ort war offenbar seit Jahren verlassen. Spinnenweben überall, so dass Mia bald die kleinen Netze im Gesicht kitzelten. Wenigstens hatte sie keine Angst vor Spinnen. Hauptsache es gab hier keine Ratten, das wäre ihr Horror.

Plötzlich ließen die Männer sie zu Boden plumpsen. Ihre Hände waren hinter ihrem Rücken gefesselt, sodass sie sich nicht abstützen konnte, hart mit der Hüfte aufschlug und ein paar spitze Steinchen in ihrer Haut spürte. Sie stöhnte. Das half nichts. „Halt's Maul, Schlampe", war die Reaktion vom Stämmigen. Er packte sie unter den Schultern und zog sie auf ihrem Hosenboden ein Stück weiter. Dort stand ein vollkommen verrostetes Bettgestell, das offenbar schon Jahrzehnte hier herumgammelte. Eine Metallkette wurde durch ihre Handfesseln gezogen und dann mit einem Schloss an das Bettgestell befestigt. Ein stechender Schmerz schoss Mia durch die Arme. Das war also ihr Bestimmungsort. Mia war noch nicht richtig zum Nachdenken gekommen, doch was bislang in ihr Bewusstsein drang, war beängstigend.

Der Schlaksige nahm ihr den Knebel ab und stellte ihr eine Flasche Wasser hin, wirkte aber sonst völlig desinteressiert. „Buona Notte, Signora“, säuselte der Stämmige. „Morgen kommt der Boss. Dem werden Sie Rede und Antwort stehen müssen. Das könnte unangenehm werden. Der ist nämlich nicht so sanft wie wir.“ Er lachte blechern. Dann drehten sich die beiden ohne ein weiteres Wort um, stiegen polternd über den Müll hinweg, öffneten eine Gittertür, die laut quietschte, und verschwanden ins Freie.
Mia war allein. Die Dämmerung brach herein und in ihrem Verlies wurde es langsam unangenehm kühl. Ihre Schultern begannen zu schmerzen. Ihre Arme waren nach hinten gedreht und wurden zudem durch die Kette nach oben gezogen. Doch wenigstens ihre Beine waren frei und so konnte sie sich ein wenig hochrappeln. Sie robbte über den von einer Schmutzschicht überzogenen Boden näher an das morsche Bettgestell heran und linderte so den Druck auf ihre Schultern etwas. Sie fühlte sich wie betäubt. Doch allmählich drang die schreckliche Wahrheit in ihr Bewusstsein. Sie war mutterseelenallein, gefesselt und völlig wehrlos. Keiner wusste, wo sie war. Ihr graute vor der Nacht, die ihr bevorstand. Doch noch

schrecklicher war der Gedanke, dass morgen diese Typen wiederkommen und wer weiß was mit ihr anstellen würden. Was wollten die bloß von ihr? Hatte das alles mit dem Brief ihres Vaters und der Kette zu tun? Welches Geheimnis verbarg sich dahinter?
Mia schaute sich um. Wie in all den anderen Gebäuden, die sie auf der Insel gesehen hatte, war der Boden von Unrat übersät. Zerbrochene Backsteine, Mörtel, Putzreste, aber auch Drahtstreben, die zusammen mit Holzbohlen von der Decke gestürzt waren. Dazu halb verrostete Blecheimer und undefinierbare Metallteile. Die Decke über ihr war nur noch zur Hälfte vorhanden. Durch die Öffnung hoch über ihrem Kopf sah sie den bleichen Mond, der als Halbrund am Himmel stand und sein fahles Licht in ihr Verlies schickte. Er versah jeden Gegenstand mit einem langen Schatten, der im Zeitlupentempo durch den Raum kroch. Was hatte der Schlaksige gesagt, wo sie hingebracht worden war? Poveglia? Plötzlich fiel es ihr ein. Sie hatte über Poveglia gelesen und sie überkam ein Grauen.
Poveglia wurde auch die „Insel ohne Wiederkehr" genannt. Heute war dieser Ort für Besucher gesperrt, so hatte Mia aus ihrem Reiseführer erfahren, doch früher lebten hier

Menschen unter grausamen Umständen. Als die Pest Venedig heimsuchte, wurden die Kranken nach Poveglia verbannt und dort dem Sterben überlassen. Später folgte ein anderes düsteres Kapitel. Auf Poveglia entstand eine Heilanstalt für psychisch Kranke. Ein Arzt soll damals grausame Experimente an den Patienten durchgeführt haben – und später selbst dem Wahnsinn verfallen sein. „Insel des Wahnsinns" oder auch einfach nur „die Hölle" nannten die Venezianer diesen Ort.

Vor Mias Augen waberten Bilder. Die rostigen Bettgestelle in ihrem Verlies füllten sich mit ausgemergelten Gestalten, die mit totem Blick reglos dalagen oder murmelnd um Hilfe bettelten. Aus der Ferne ließ ihre Fantasie Schreie erklingen, so als wäre der grausame Arzt am Werk. Sie sah Pestkranke mit eitrigen Beulen durch die zerfallene Tür treten und andere grinsend durch die zerbrochenen Fenster schauen. Der Mond über ihrem Kopf beleuchtete hämisch die grausamen Szenen und der Wind sandte immer neue Klagelaute.

Mia merkte plötzlich, dass sie schluchzte. Ihr ganzer Körper bebte und ihr Gesicht war nass von Tränen, die ihr haltlos über das Gesicht liefen. So viel Grausamkeit hatte dieser Ort schon gesehen – und nun war sie hier. Sie fühlte

sich all den Menschen auf einmal so nahe, die hier in die Hölle geblickt hatten.
Doch irgendwann meldete sich ihr Überlebenstrieb. Sie schniefte noch ein bisschen und versuchte, wieder in die Realität zu finden. Ja, dies war einmal die „Insel ohne Wiederkehr“, doch das würde für sie nicht gelten. Es gab Menschen, die sie vermissen würden. Davide fiel ihr ein und auch André, von dem sie allerdings schon länger nichts mehr gehört hatte. Henriette würde nach ihr suchen lassen und sie spürte auch den Geist ihres Vaters. Er würde von irgendwo dort oben auf sie herabschauen und sie beschützen.
Auch ihr Verlies erschien Mia nun nicht mehr ganz so schrecklich. Der Mond, der seine Lichtbahnen wie silbrige Streifen über den Boden schickte, schien sie trösten zu wollen. Die Blätter, die im Nachtwind raschelten, klangen wie ein Wiegenlied. Tatsächlich überfiel Mia eine große Müdigkeit. Sie legte ihren Kopf auf die harte Metallkante des Bettgestells und fiel in einen kurzen, unruhigen Schlaf.
Plötzlich schreckte sie hoch und hob den Kopf von dem rostigen Eisengestell. Sie hörte entfernt ein Knacken, das regelmäßig wiederkam. Dann ein dumpfer Laut, als wäre einer gegen einen

harten Gegenstand gestoßen. Mias Herz setzte aus. Da war jemand. Sie hörte ein Schleifen und ein leises Fluchen. Ihre Gedanken rasten. War das jemand, der ihr helfen würde oder drohte von ihm eine noch größere, schlimmere Gefahr? Sie erstarrte und versuchte, kein Geräusch zu machen. Vielleicht hatte dieser jemand nichts mit ihr zu tun und würde einfach wieder verschwinden.

Doch diese Hoffnung erfüllte sich nicht. „Signora, wo sind sie?“, hallte es aus einem entfernt liegenden Raum. Es war nicht der Stämmige, so viel erkannte Mia an der Stimme. Doch sie wusste immer noch nicht, ob da ein Freund oder Feind kam. Sie blieb einfach stumm liegen. Ihr ganzer Körper verkrampfte sich, wie zur Flucht bereit. Doch sie konnte nicht wegrennen. Sie war gefangen.

Der Mann tastete sich im fahlen Licht des Mondes durch die Räume. Er schien eine Taschenlampe dabei zu haben, denn Mia sah hin und wieder einen Lichtstrahl umhertanzen. Ihr wurde klar, dass es nur eine Frage der Zeit war, bis diese Person, wer immer sie war, bei ihr im Verlies stand. „Papa, hilf mir, dass er mir nichts tun will“, sandte sie wie ein kleines Mädchen ein Stoßgebet gen Himmel.

„Habe ich Sie endlich gefunden", sagte der Mann, der plötzlich durch die Tür trat und bei ihr im Raum stand. Es war mittelgroß, schmächtig und trug einen dunklen Kapuzenpullover mit irgendeiner Aufschrift. Er leuchtete ihr mit seiner Taschenlampe direkt ins Gesicht, sodass sie die Augen zukneifen musste. „Ich hol Sie hier raus. Wir müssen uns beeilen."
Das klang gut, aber Mia blieb auf der Hut. Wer war der Kerl? Warum wollte er sie retten? „Wer sind Sie? Wer hat Sie geschickt?"
„Tut nichts zur Sache. Ich habe den Auftrag bekommen, Sie hier von dieser verfluchten Insel zu befreien. Wir sollten uns beeilen, wer weiß, wann Ihre Entführer zurückkommen."
Der Typ holte einen Bolzenschneider aus seinem Rucksack und durchtrennte die Kette, mit der sie am Bettgestell hing. Dann knotete er geschickt die Handfessel auf. „Los jetzt", bellte er unfreundlich und griff sie am Arm, um sie aus dem Verlies zu ziehen. Mia griff noch schnell nach ihrer Tasche, die der Schlaksige vor ein paar Stunden durchsucht hatte. Da sie offenbar nichts für ihn Interessantes enthielt, hatte er sie achtlos auf den Boden geworfen.
Mia hatte keine Ahnung, was sie von der Aktion halten sollte. Doch alles erschien ihr vorteilhafter, als an ein Bettgestell gefesselt zu

sein und in ein paar Stunden von diesen Brutalos verhört zu werden. Sie beschloss, dem Kapuzen-Typen zu folgen. Vielleicht würde sich eine Gelegenheit zur Flucht ergeben. Aber erst einmal musste sie von dieser Insel runter, denn hier gab es nichts als Spinnen, Moskitos und sicher auch die gefürchteten Ratten.
Der Mond hatte sich hinter eine Wolke verkrochen, so dass Mia kaum sah, wohin sie trat. Ihr Befreier lief vorweg und kümmerte sich nicht weiter darum, ob sie folgen konnte. Er hatte schließlich eine Taschenlampe. Doch sie musste höllisch aufpassen, dass sie auf dem unebenen erdigen Pfad nicht in ein Loch trat und sich womöglich den Fuß verknackste. Das durfte nicht passieren, denn sie musste bei Gelegenheit wegrennen können.
Der Weg führte durch dichtes Gestrüpp, das ihr die Arme zerkratzte, und endete schließlich an einem Kanal, an dem das Motorboot des Kapuzen-Typs lag. Immerhin reichte er ihr die Hand, sodass sie mit einem großen Schritt vom Anleger an Bord gehen konnte und sich gleich ungefragt auf die schmale Bank am Heck kauerte. Der Typ blieb weiterhin stumm und machte sich an der Zündung zu schaffen.
„Wo bringen Sie mich hin?“, versuchte Mia noch einmal ihr Glück. Doch der Mann

murmelte nur etwas Unverständliches vor sich hin und startete den Motor. Geschickt wendete er das kleine Boot und preschte dann auf die Lagune. Mia genoss den frischen Fahrtwind auf ihrem Gesicht. Ihr Make-up war sicher komplett zerstört vom Weinen und ihre Kleidung starrte vor Dreck. Trotzdem konnte sie diesen Moment genießen. Sie fühlte eine Freiheit, wie sie sie selten zuvor gespürt hatte.

Das Schicksal würde sich zum Guten wenden. Sie hoffte, dass der Typ sie auf die Hauptinsel von Venedig bringen würde. In diesem Fall, da stand ihr Entschluss fest, würde sie abhauen. Sie würde ihr Schicksal nicht mehr in die Hände anderer legen, sondern sich selbst durchkämpfen.

24

Das Motorboot raste durch die Nacht. Sie mussten sich in der Lagune zwischen Lido und der Hauptinsel befinden. Steuerbord sah Mia eine langgestreckte Landmasse, von der nur vereinzelt Lichter zu ihr herüberschienen. Das Boot steuerte jedoch direkt auf eine viel größere Insel zu. Das musste Venedig sein oder vielleicht Giudecca, das wie eine Sichel davor lag. Mia dachte kurz an Dylan, mit dem sie diesen merkwürdigen Abend an der Mole von Giudecca verbrachte hatte. Sie wusste immer noch nicht genau, was sie von diesem Kerl halten sollte. Doch diese Überlegungen mussten jetzt warten. Es gab Wichtigeres zu tun. Sie starrte angestrengt nach vorne und versuchte herauszufinden, wo der Kapuzen-Typ hinfuhr. Die Lichter vor ihr wurden größer und spiegelten sich kräuselnd im Wasser. Einzelne Häuser schälten sich aus dem Dunkeln. Häuser, in denen Menschen wohnten, die ihr vielleicht helfen konnten.

Plötzlich wurde Mia hart zur Seite geschleudert. Ihr Bootsführer war steil nach links abgedreht.

Er will Venedig umrunden, ging es Mia durch den Kopf. Was sollte dieses Manöver bedeuten?
„Wo fahren Sie hin?", fragte Mia einmal mehr. Sie musste schreien, um die Motorgeräusche und den Fahrtwind zu übertönen
„Nun geben Sie einfach mal Ruhe", antwortete der Fremde. „Ich bringe Sie nach Cannaregio."
Mia seufzte auf vor Erleichterung. Das war perfekt. Sie wohnte in Cannaregio und überdies hatte sie dort etwas Wichtiges zu erledigen. Sie entspannte sich ein wenig und machte eine Bestandsaufnahme. Ihre Arme und Schultern schmerzten höllisch, doch das würde sich legen. Ansonsten hatte sie keine größeren Verletzungen davongetragen, außer einigen Schürfwunden an den Beinen und ein paar Kratzer an den Armen, die von den dornigen Büschen auf dem Weg zum Boot herrührten. Ihren rechten Oberarm zierte eine rote, dick geschwollene Stelle. Das kam sicher von der Betäubungsspritze, die ihr die Brutalos gegeben hatten. Ihre Kleidung war allerdings in einem mitleiderregenden Zustand. Das schicke neue T-Shirt mit den Pailletten am Ausschnitt hatte einen Riss an der rechten Seite, die Jeans starrte vor Dreck und hatte noch einige Löcher mehr als modisch vorgesehen. Immerhin hatte sie ihre Tasche noch. Sie kramte darin herum und

entdeckte ihr Handy, dessen Akku allerdings leer war. Sicher hatten ihre Entführer nicht damit gerechnet, dass sie abhauen würde. Sonst hätten sie ihr das Handy nicht gelassen.

Inzwischen war klar, dass ihr Bootsführer sie nicht angelogen hatte. Sie umkreisten Venedig in einem weiten Bogen. Die Nacht neigte sich dem Ende entgegen. Mia sah einen schmalen schimmernden Streifen am Horizont, die Sonne war auf dem Weg. Ein Stück Hoffnung. Fast unmerklich wandelten sich die Farben. Ein Schleier wie aus flüssigem Gold überzog nach und nach den Himmel und verbannte die Schatten der Nacht. Mia genoss ein paar wertvolle Sekunden puren Glücks. Sie brausten weiter über die Lagune und näherten sich der Ponte della Libertá, die Venedig mit dem Festland verband. Am frühen Morgen waren hier schon einige Lagunenfischer unterwegs. Sie holten Flundern, Seezungen, kleine Krabben und Tintenfische aus dem seichten Wasser und verkauften ihren Fang später auf dem Fischmarkt an der Rialtobrücke. Seemöwen flogen elegante Kreise am nun samtblauen Himmel und schossen dann kreischend ins Wasser, um sich einen leckeren Happen zu schnappen. Kurz darauf überholten sie ein paar Ruderer in schlanken Holzbooten, die offenbar

die kühlen Morgenstunden nutzten, um sich – traditionell stehend – im venezianischen Rudern zu üben. Vielleicht angehende Gondoliere, überlegte Mia.
Plötzlich überkamen Mia beinahe heimatliche Gefühle. Sie erkannte die Silhouette von Cannaregio mit den mächtigen Bürgerhäusern, die hier ganz ohne pompöse Verzierungen auskamen. Der Kapuzen-Typ fuhr an der Station S. Alvise vorbei und steuerte die Fondamenta Nove an. Endlich habe ich einmal Glück, dachte Mia. Hierher war sie nach ihrem Besuch auf dem Friedhof San Michele zurückgekehrt und hier in der Nähe befand sich das Versteck, in dem sie den Brief ihres Vaters und die wundersame Kette vor den Entführern in Sicherheit gebracht hatte.
Ihr Retter legte an der Kaimauer an und schlang ein dickes Seil um eine quergestreifte Stange, wie sie so typisch für Venedig waren. Mia ahnte, dass sie nicht viele Chancen haben würde. Während ihr Befreier mit dem Tau beschäftigt war, sprang sie auf, hechtete Richtung Ufer und stemmt sich die Mauer hoch. „Hey, was machen Sie da“, schrie der Mann. Er richtete sich abrupt auf, sodass sein Boot gefährlich schwankte. Doch Mia zog ihr linkes Bein hoch, kam auf beide Knie und robbte schnell nach vorne, damit

der Typ sie nicht an den Beinen zu fassen bekam. Dann kam sie hoch und rannte. Sie kannte die Gegend vom Vortag, lief einfach los und verschwand in der gleichen kleinen Gasse, die sie nach ihrem Friedhofsbesuch benutzt hatte. Wieder hörte sie ihre Sandalen auf den Steinen klackern, doch dieses Mal war sie sicher, dass ihre Flucht gelingen würde. Sie blickte sich nicht um, sondern lief immer weiter und weiter, ohne auf ihre Seitenstiche und den hechelnden Atem zu achten.

Sie hatte ein Ziel: das Versteck, in dem der Brief und die Kette steckten. Tatsächlich erreichte sie in Kürze die Unterführung am Rio de Santa Catarina, in der sie vor ein paar Stunden von den beiden Brutalos überwältigt worden war. Bevor sie einbog, blieb sie stehen und lauschte. Ihr Herz pochte laut, ihr Atem ging stoßweise, doch sonst war nichts zu hören. Sie hatte den Kapuzen-Typ abgehängt.

In der Sackgasse war es komplett still, nur das leise Plätschern der Wellen war zu hören, die an die Steinmauer schwappten. Ein Wassertaxi tuckerte vorbei, doch verschwand so schnell, wie es gekommen war. Sie war allein und tastete sich zu dem hölzernen Fensterladen vor. Vorsichtig schob sie ihre Hand in den Schlitz. Und tatsächlich: Da war er, ihr ganz

persönlicher Schatz. Sie zog beides heraus, schob den Brief wieder in den Bund ihrer Jeans und legte sich die Kette um, die sie wieder in den Ausschnitt ihres T-Shirts stopfte.
In ihr Appartement konnte sie nicht zurück, das war klar. Die Brutalos wussten sicher, wo sie wohnte und auch der Kapuzen-Typ könnte dort auftauchen. Sie brauchte einen ruhigen Ort, um den Brief ihres Vaters zu lesen. Und sie wusste auch schon, wo dieser Ort sein würde: in dem geheimen Garten des „Hotel dei Dogi", den ihr Davide gezeigt hatte.
Mittlerweile kannte sie sich in Cannaregio recht gut aus und so dauerte es nicht lang, bis sie die Chiesa Madonna dell'Orto fand. Von hier, so erinnerte sie sich, waren es nur ein paar hundert Meter bis zum „Hotel dei Dogi". Sie kam an einem kleinen Bistro vorbei, das gerade seine Türen öffnete. Sie huschte hinein und orderte einen Cappuccino zum Mitnehmen und ein mit dickem Zuckerguss überzogenes Plunderteilchen. Schnell sandte sie ein Dankesgebet gen Himmel, dass sie ihre Tasche und damit auch ihr Portemonnaie noch hatte, sonst hätte sie sich nicht einmal ein Frühstück leisten können.

Und wieder stand Mia vor dem Hoteleingang des „Dei Dogi“ mit dem einladenden roten Baldachin und den beiden Phoenixpalmen rechts und links der vornehmen Eingangstür. Sie würde sich an der Rezeption vorbeischummeln müssen, denn mit ihren zerrissenen und schmutzigen Klamotten konnte sie abgewiesen werden. Sie linste in die Lobby mit den satinbezogenen Loungesesseln und den Blumenarrangements. Es stand nur ein Concierge an der Rezeption, das war gut. Sie entschied sich, die Sache forsch und selbstbewusst anzugehen. „Ich würde mir gerne noch einmal den Garten ansehen, ist das möglich?“, rief sie fröhlich, während sie beherzt eintrat. Sie schenkte dem Concierge ein strahlendes Lächeln und eilte schnell an ihm vorbei, so dass er ihren Aufzug gar nicht richtig bemerkte.

Geschafft. Sie war nicht aufgehalten worden. Erneut umfing sie die wunderbare Ruhe dieses versteckten, paradiesischen Gartens mit den duftenden Hortensien und den perfekt zu Kugeln geschnittenen Buchsbäumen. Mia zog es zu der Grotte, in der Davide und sie sich geküsst hatten. Doch sie verdrängte diese Erinnerung schnell. Das war abgeschlossen und nicht mehr von Bedeutung. Sie suchte nur einen sicheren

Rückzugsort, um endlich zu lesen, was ihr Vater ihr zu sagen hatte.
Als sie die Grotte betrat, umfing sie ein dämmeriges Licht und die feuchte Kühle, die von den Steinen abstrahlte. „Papa“, rief sie und sofort hallte es zurück: „Papa, Papa, Papa …“. Das war der richtige Ort, spürte Mia. Sie glitt mit dem Rücken an der Mauer herunter und hockte sich unter eine der funzeligen Lampen, die ein wenig Licht spendeten. Dann zog sie den Briefumschlag heraus. Sie gönnte sich noch eine kurze Verschnaufpause, in der sie auf die vertraute Schrift ihres Vaters starrte, die ihr Trost spendete, sie aber in diesem Moment auch ängstigte. Mit dem Zeigefinger riss sie ungeduldig den zugeklebten Umschlag auf und zog das Briefpapier heraus.
Die vielen Seiten des dünnen Papiers waren eng mit blauer Tinte beschrieben. Die Schrift gehörte ihrem Vater, wirkte aber unruhig, so als hätte er seine Worte in großer Hast niedergebracht. Einige Wörter waren durchgestrichen, an manchen Stellen hatte die Tinte gekleckst. Mia scheute zurück und konnte sich doch nicht länger beherrschen. Sie hielt das Papier so, dass das schwache, gelbliche Lampenlicht darauf fiel und begann zu lesen.

Mia, mein geliebtes Kind. Bevor du das liest, sollst du wissen, dass du mein ein und alles bist. Ich würde alles für dich geben und dafür, dass du dein Glück findest.
Doch was ist dein Glück? Diese Frage stelle ich mir. Ist es die Wirklichkeit, die ich für dich schmiede? Oder musst du – wie vielleicht jeder Mensch – dein Glück selbst finden?
Ich weiß es wirklich nicht. Ich werde dir jetzt eine Geschichte erzählen, ja, dir vielmehr eine Beichte ablegen. Möglicherweise findest du diesen Brief niemals und erfährst nicht, was geschehen ist. Das wäre vielleicht nicht das Schlechteste. Doch vielleicht gehst du auch auf die Suche nach deiner Vergangenheit und deiner Herkunft. Falls das so ist und du nach Venedig zurückkehrst, will ich dir die Möglichkeit geben, die Wahrheit zu erfahren.
Diese Geschichte handelt von deiner Mutter, Anna-Giulia da Lago, und mir. Ich traf Anna-Giulia bei einem Empfang, der für Kunstaussteller und Kunsthändler im Innenhof des Dogenpalastes gegeben wurde. Wir standen zusammen am Büfett und mochten uns sofort. Wir waren uns einig, dass wir für diese aufgetakelte Welt der stinkreichen Kunstleute nicht viel übrighatten. Deine Mutter war nicht nur wunderschön mit ihrem seidigen, langen

dunklen Haar, sie war auch lustig, intelligent und sehr gebildet. Ich habe mich auf der Stelle in sie verliebt.
Wir kamen uns schnell näher und ich erfuhr, dass sie die Tochter von Alice und Alessandro da Lago ist. Sie gehörte also zur superreichen Familie der da Lagos, einer alten, ehrwürdigen Patrizierfamilie aus Venedig, die ihr Geld mit Gewürzhandel und Gondelbau gemacht hatte. Das erschreckte mich zwar ein wenig, doch ich war deiner Mutter vom ersten Moment an verfallen.
Die ersten Monate, die wir zusammen waren, glichen einem einzigen Traum. Wir waren so glücklich und lebten unser Glück in dieser prächtigen Stadt, die für die Liebe wie geschaffen ist. Wir besuchten Kunstausstellungen, lagen auf dem Lido am Strand herum, bummelten abends Hand in Hand an den Kanälen entlang und verbrachten die Nächte meist in meiner kleinen Wohnung am Rio dei Trasti in Cannaregio. Schließlich zog Anna-Giulia ganz zu mir und wir hatten unser eigenes „Liebesnest". Es war nicht luxuriös, aber aus den Fenstern blickte man auf die Kanäle und vor der Tür reihten sich Bacaros aneinander, so dass wir jeden Abend an einem anderen Tischchen unsere Cicchetti und den ombra mit

Blick aufs Wasser genießen konnten. Wir schwebten auf einer Wolke aus purem Glück.
Wir besuchten auch Anna-Giulias Eltern Alice und Alessandro, die in einem eindrucksvollen Palast am Canale Grande, dem Palazzo Nero, wohnten. Sie haben mich mit großer Herzlichkeit aufgenommen, das muss ich wirklich sagen, obwohl ich in ihren Augen nur ein kleiner Restaurator, ein Niemand, gewesen sein musste. Alles, einfach alles schien auf eine glückliche Zukunft hinzudeuten.
Vielleicht habe ich die ersten Zeichen übersehen, vielleicht wollte ich sie einfach nicht bemerken. Anna-Giulia strahlte meist von innen – doch manchmal legte sich ein Schleier auf ihr Gemüt. Sie blickte dann ins Leere und war kaum ansprechbar. Ich hielt das für eine kleine Gemütsverstimmung, wie sie viele von uns einmal haben. Doch manchmal eskalierte es. Einmal schrie sie eine Nachbarin im Hausflur unvermittelt an und warf ihr vor, Müll vor unserer Haustür abzuladen. Ein anderes Mal trat sie nach einer Katze, die sich ihr zu Füßen unter unseren Restauranttisch gelegt hatte. Ich hätte erkennen müssen, dass etwas nicht stimmt. Aber ich wollte das nicht sehen.
Dann war Anna-Giulia schwanger, du hast dich angekündigt. Ich war überglücklich und Anna-

Giulia ebenso. Meine innere Freude war so groß, dass ich überhaupt nicht mehr an die merkwürdigen Vorfälle dachte. Ich hatte sie tief in mein Unterbewusstsein eingeschlossen.
Während der Schwangerschaft lief alles gut. Wir führten unser wunderbares Leben vor der Kulisse Venedigs fort und genossen die Zeit und die Vorfreude auf dich.
Vielleicht hätte ich auch auf Alice hören sollen. Sie nahm mich immer mal zur Seite und fragte, ob mit Anna-Giulia alles in Ordnung sei. Ich habe die Zeichen nicht gedeutet und Alice war nicht bereit, konkreter zu werden.
Die Katastrophe begann gleich nach deiner Geburt. Deine Mutter, meine liebe Mia, drehte komplett durch. Sie hatte Halluzinationen, dachte, ihr toter Bruder geistere durch die Wohnung. Sie schlief nicht, aß nichts und war extrem panisch, da sie dachte, eine Naturkatastrophe wie ein Erdbeben, würde bevorstehen. Sie hatte mehrere so schlimme Panikattacken, dass sie kaum Luft bekam und ich sie ins Krankenhaus bringen musste. Die Ärzte setzten sie unter Psychopharmaka und sprachen von einer schweren Wochenbettdepression.
Unter den Medikamenten ging es ihr etwas besser. Aber eigentlich war sie nur ruhiggestellt.

Wir besorgten eine Kinderfrau für dich, da Anna-Giulia dich nicht versorgen konnte. Ich war verzweifelt. Damals wusste ich aber noch nicht, dass ich meine Anna-Giulia, meine große Liebe, nie wiederbekommen sollte.
Alice und Alessandro, also deine Großeltern, bekamen natürlich mit, was los war. Ich ging, mit dir im Babykörbchen, öfter in den Palazzo Nero, um mit ihnen zu sprechen.
An einem Morgen, als ich nicht mehr ein noch aus wusste, nahm Alice mich mit auf die Terrasse. Wir blickten beide auf das fröhliche und geschäftige Treiben auf dem Canale Grande und wunderten uns, dass trotz unseres Unglücks das Leben offenbar für die anderen ganz unbeschwert weiterging.
Dann fing Alice an zu sprechen. Ich hätte es dir schon vor lange Zeit erzählen müssen, sagte sie. Ich konnte es nicht, doch nun kann ich nicht mehr ausweichen. Es gibt seit Jahrhunderten in unserer Familie eine schlimme, alles zerstörende Krankheit. In unseren Genen steckt die Anlage zur Schizophrenie, zur Geisteskrankheit. Alices Stimme wurde immer leiser. Ich glaube, sie sprach zum ersten Mal in ihrem Leben offen von diesem Fluch. Alle Mütter und Väter der Familie da Lago beteten, dass ihr eigenes Kind verschont bliebe. Doch

immer wieder einmal schlug das grausame Schicksal zu. Bei Anna-Giulia war das der Fall. Ich war wie betäubt. Ich hörte Alice reden, doch verstand nicht wirklich, was sie sagte. Meine Anna-Giulia, eine Geisteskranke? Das konnte nicht sein. Ich hatte sie so lebensbejahend, klug und freundlich erlebt. Wie konnte das einfach umschlagen?

Ich stand lange da und starrte aufs Wasser, auf all die Menschen, die dort wie selbstverständlich ihre Alltagsdinge verrichteten, ganz ohne jene dunklen Wolken, die sich in Anna-Giulias Bewusstsein eingenistet hatten.

Was passiert jetzt, fragte ich Alice. Eine hilflose Frage, doch mir fiel nichts Schlaueres ein. Alice presste nur die Lippen zusammen und meinte, man müsse jetzt weitermachen, die Medikamente würden sicher helfen und vielleicht würde diese schizophrene Phase wieder vorübergehen.

Alices Worte konnten mich nicht trösten. Ich glaubte nicht, dass alles wieder gut werden würde. Und – das war das Allerschlimmste – ich begann, Angst um dich zu haben. Ich traute mich kaum noch aus dem Haus, um dich nicht mit Anna-Giulia allein zu lassen. Ich bildete mir ein, dass sie dich merkwürdig ansah oder dich grob anfasste. Ich befürchtete, dass etwas ganz Schlimmes passieren würde.

Eines Tages war ich gegen Abend auf dem Sofa eingeschlafen. Plötzlich wachte ich, wie durch einen Instinkt gewarnt, auf. Als ich die Augen öffnete, sah ich Anna-Giulia. Es war inzwischen dunkel draußen. Sie stand auf dem Balkon und hielt etwas in den ausgestreckten Armen. Sie wirkte wie eine Statue, wie ein Mensch, den ein Zauberstab in einem bestimmten Moment eingefroren hat. Ich starrte sie an, ohne etwas zu verstehen. Dann sickerte Tropfen für Tropfen die Erkenntnis in mein Denken. Sie hielt dich, Mia, vor sich – und ihre Arme waren über die Brüstung des Balkons gestreckt. Es gab kein Denken mehr, kein Überlegen, mein Handeln war reiner Instinkt, ein Instinkt, der nur darauf ausgelegt war, eine Katastrophe von unfassbarem Ausmaß zu verhindern. Ich stürzte hoch und war in Sekundenbruchteilen bei ihr, riss sie zurück und nahm ihr das Kind, also dich, aus den Händen. Ich war wie gelähmt und konnte nicht weiter reagieren. Anna-Giulia rannte weg, aus der Wohnung raus. Ich lief hinterher, klingelte bei der Nachbarin, übergab dich ohne eine Erklärung und rannte hinter Anna-Giulia her. Am Kanal Misericordia holte ich sie ein. Ich schrie wie von Sinnen auf sie ein. Was genau ich sagte, weiß ich nicht mehr. In meiner Wut und Verzweiflung schubste ich sie. Sie stolperte und fiel hintenüber in den Kanal. Doch das, Mia, ist noch lange nicht die ganze Beichte. Bis dahin habe ich Fehler gemacht, aber vielleicht verzeihliche. Doch dann habe ich eine Entscheidung getroffen, die ewige Schuld auf mich lädt und die du mir wahrscheinlich nie verzeihen wirst. Doch hier in diesem Brief will und muss ich die Wahrheit sagen.

Anna-Giulia verschwand in der Tiefe, sie strampelte und kam wieder hoch. Ich sah ihr Gesicht, das Gesicht, das ich so liebte. Das war aber auch das Gesicht, das dich anblickte, um dich in die Tiefe fallen zu lassen. Ein grausamer Widerstreit tobte in mir. Anna-Giulia schnappte nach Luft und bekam dann mit der Hand die Uferkante zu fassen, um sich herauszuziehen. Ich kniete mich nieder und irgendetwas in meinem Herzen oder in meinem Verstand – ich weiß es nicht – fasste einen Entschluss. Wenn Anna-Giulia lebt, wird Mia sterben – dieser glasklare Gedanke stand wie eine Botschaft vor mir. Anna-Giulia krallte sich an den glitschigen Steinen des Ufers fest. Ich aber schob diese Hand, die sie hätte retten können, zurück, sodass Anna-Giulia wieder ins Wasser sank. Es war Winter damals und das Wasser war eiskalt.

Ich wusste, dass sie nur wenige Sekunden durchhalten würde.
Das ist grausam, Mia. Dafür gibt es nicht die geringste Entschuldigung. Du hast deine Mutter verloren und nun auch noch deinen Vater, denn wie kann ein Kind seinen Vater lieben, der das Schrecklichste getan hat, das man sich ausdenken kann. Ich bin ein Mörder, Mia. Der Mörder deiner Mutter.
Dem ist nichts hinzuzufügen. Doch ich wollte dir die Gelegenheit geben, die Wahrheit zu erfahren, denn ein schreckliches Familiengeheimnis, das man unerkannt mit sich herumträgt, ist ein Fluch. Ich bin kein gläubiger Mensch, doch nun bete ich zu jeder höheren Macht, die vielleicht existiert, dass dich diese schreckliche Enthüllung nicht zerbricht. Deine Mutter hat dich geliebt, doch sie war von einer grausamen Krankheit geplagt. Und ich habe dich geliebt, so sehr, dass ich etwas getan habe, das ich niemals für möglich gehalten hätte. Ich bete darum, dass du – auch um deinetwillen – mir verzeihen kannst.
Dein Papa

Mia ließ die Papierseiten sinken und verharrte vollkommen regungslos in der dunklen Kälte der Grotte. Ihr schien, als könnte sie niemals mehr aufstehen. Was gab es nach solch einer Enthüllung zu tun? Ihre Vergangenheit löste sich ebenso auf wie ihre Zukunft. Sie war nur im Hier und Jetzt. Sie wollte nicht denken, nicht urteilen, nicht planen. Vor allem wollte sie nicht fühlen. Für immer betäubt sein. Hier einfach sitzen bleiben, für immer.

Mia hatte keine Ahnung, wie lange sie in der Grotte gesessen hatte. Doch ihr wurde kalt und die Beine schliefen ihr ein. Banale Bedürfnisse steuerten sie und sie verließ die Grotte. Im Garten setzte sie sich auf eine Bank und wartete, was passieren würde. Würde Wut kommen, Ekel, Verzweiflung?

Es war schließlich Mitleid, das sie zuerst spürte. Mitleid mit ihrer Mutter, die von fremden Dämonen gesteuert war und Mitleid mit ihrem Vater, der eine Entscheidung treffen musste, die unmenschlich war. Auch Mitleid mit ihrer Großmutter, die versucht hatte, eine heile Welt aufrechtzuerhalten, in dem sie das Schreckliche ausblendete. Sie spürte auch Liebe – wie ein kleines, winzig zartes Pflänzchen. Liebe zu ihrer Mutter, ihrem Vater und ihrer Großmutter. Dieses kleine Pflänzchen, das war Mia plötzlich klar, musste sie hegen und pflegen und gegen alle schlechten Gedanken verteidigen. Nur wenn sie ihre Familie weiterhin lieben konnte, würde

sie eine Chance haben, das alles hier zu überstehen.
Sie blinzelte in die Sonne, atmete den Duft der Rosenblüten ein und lauschte dem Plätschern der nahen Lagune. Sie musste diesen Weg der Liebe gehen, sonst wäre sie verloren. Und sie würde diesen Pfad gehen. Sie atmete tief ein und aus und spürte, wie wertvoll ihr Leben war.

25

Mia saß lange auf der Bank. Die Sonne wanderte hoch zum Zenit und langsam wieder herunter. Die Schatten wurden kürzer und dann wieder länger. Hin und wieder lief ein Besucher vorbei, einmal ein eng ineinander verschlungenes Pärchen. Mia spürte weder Hunger noch Durst. Sie war wie in einem Niemandsland. Es gab noch ein weiteres Blatt Papier in dem Briefumschlag ihres Vaters, das die schwungvolle unterstrichene Aufschrift „Alice und Alesandro da Lago, Palazzo Nero“ trug. Das würde sie noch lesen. Dann musste sie eine Entscheidung fällen, denn ewig konnte sie nicht in diesem versteckten Garten sitzen und die Wirklichkeit ausblenden.

Sie hatte die Schritte nicht gehört. Doch plötzlich spürte sie die Anwesenheit eines Menschen wie ein leichtes Brennen im Rücken. Dann fühlte sie eine Hand, die sich fest und doch leicht wie eine Feder auf ihre Schulter legte. „Nicht erschrecken, Mia. Ich bin’s, Davide.“

Mia drehte sich nicht um. Sie genoss den Augenblick und hatte das Gefühl, dass sie genau auf das gewartet hatte. Auf Davide. Schließlich wendete sie ihren Kopf und blickte in sein Gesicht. Sie kannte es und sah es doch neu. Es war nicht leicht einzuordnen. Seine Haut war hell, mit einem leichten Schimmer überzogen wie von Olivenöl. Seine Augen waren von einem dunklen Grün, in dem helle Punkte tanzten. Er hatte einen perfekt geschnittenen Mund mit Lippen, deren Farbe Mia an Auberginen erinnerte. Sie wollte diese Lippen am liebsten sofort mit ihren berühren. In seine Stirn hing, wie gewohnt, eine störrische schwarze Haarlocke, die er immer mal wieder nach hinten strich, was aber wenig nutzte.

„Was machst du denn hier?“, fragte Mia und hörte, dass ihre Stimme belegt klang.

„Ich komme immer hierher, wenn ich nicht weiterweiß und in Ruhe nachdenken will. Ich habe es dir erzählt. Ich konnte nicht wissen, dass du auch hier bist.“ Davide klang verunsichert, doch schien er gleichzeitig einen Entschluss zu fassen.

Er ging um die Bank herum und setzte sich neben Mia. Sie registrierte seine Bewegungen, die von einer entspannten Lässigkeit waren und doch perfekt einem Rhythmus folgten, den nur er zu hören schien. Wie ein Tänzer, dachte Mia. Er trug wieder ein ausgewaschenes T-Shirt, das ihn umspielte und doch genau ahnen ließ, dass sich darunter ein eher schmaler, aber muskulöser Körper verbarg. Er setzte sich dicht neben Mia, ohne sie zu berühren. Doch sie spürte die Hitze, die von ihm ausging und ihr Körper reagierte mit einem leichten Kribbeln.

„Mia…", sagte er und es klang wie der Anfang einer Melodie.

„Mia, ich wusste nicht, dass du hier bist. Aber nun ist es so. Ich muss dir sagen, dass mir leidtut, wie ich mich verhalten habe." Davide zögerte und schien nach den richtigen Worten zu suchen, um ihr etwas zu sagen, das ihm wichtig war

„Wir waren uns nahe. Und dann bin ich einfach abgehauen. Das war nicht nur mies von mir, sondern auch sehr dumm." Seine Stimme klang anders als sonst – weicher, tiefer. Er nahm ihren Kopf zwischen seine beiden Hände und küsste sie. Sie schrak zurück und er hielt inne. „Aber …", sagte sie. Doch er antwortete nicht, sondern küsste sie erneut.

„Davide …"

„Ja, was ist denn?"

Doch Mia konnte nicht antworten. Sie schlang ihre Arme um Davides warmen Körper, als müsste sie sich an einem Felsen festhalten, um nicht unterzugehen und fing an zu weinen. Erst leise, dann immer haltloser. Sie konnte aus eigenem Willen nicht aufhören. Zu viel war ihr passiert, zu viel hatte sie erfahren, das alles, an das sie glaubte und zu wissen schien, zum Einsturz gebracht hatte.

Davide hielt sie fest, ohne etwas zu sagen. Er streichelte immer wieder leicht über ihren Rücken und strich ihr hin und wieder eine Haarsträhne aus ihrem tränennassen Gesicht. Mia wusste nicht, wie lange sie so in Davides Armen gelegen hatte, doch sie merkte, dass ihr Weinen langsam nachließ. Alle Tränen schienen aus ihr herausgeflossen zu sein. Sie fühlte sich zu Tode erschöpft. Immer wieder entfuhr ihr noch ein heftiges Schluchzen wie ein Reflex ihres Körpers.

„Mia, arme kleine Mia", murmelte Davide in ihr Haar.

„Es ist gut, dass du da bist, Davide", wisperte Mia und musste schon wieder ein bisschen weinen. „Ich war total wütend, dass du abgehauen bist. Ich habe dich verflucht und wollte dich aus meinen Gedanken verbannen. Aber jetzt bist du wiederkommen."

Sie saßen noch lange auf der Bank, eng verschlungen, als wollten sie sich gegenseitig vor etwas retten.

„Was ist passiert?", fragte Davide nach einer Ewigkeit und bewegte sich ein wenig in ihren

Armen. Mia ließ ihn los und beugte sich so weit zurück, dass sie ihn anschauen konnte. Sie lächelte schief und war sich bewusst, dass sie vollkommen aufgelöst aussehen musste. Wenn noch etwas von ihrem Make-up übrig war, musste es komplett verlaufen sein. Ihre Augen waren sicher vom Weinen total verquollen und in ihren Haaren waren noch die Spinnenweben der Nacht. Doch Davide schien das nicht zu kümmern. Die kleinen Fünkchen in seinen Augen blitzten und er grinste sie liebevoll an.

„Komm, Mia. Sag mir, was passiert ist."

Mia vergrub ihr Gesicht an seiner Schulter und begann zu erzählen, von ihrem Friedhofsbesuch, von der Entführung und ihrer Nacht auf der „Insel des Wahnsinns". Davide hörte zu, ohne sie mit einem Wort zu unterbrechen. Doch Mia merkte, wie er sich jedes Mal anspannte, wenn sie von einer besonders gefährlichen Situation erzählte. Als sie fertig war, streichelte er ihr mit beiden Händen über ihr Gesicht und küsste sie leicht auf den Mund. „Und was machst du jetzt hier in unserem Garten?"

„Ich brauchte einen Ort, um den Brief meines Vaters zu lesen."

„Willst du mir sagen, was drinsteht?"

Mia schluckte und senkte unwillkürlich den Kopf. Ihr Vater war ein Mörder, so hatte er

selbst gesagt. Das färbte auch auf sie, seine Tochter, ab. Wen will man so etwas überhaupt wissen lassen? Doch sie hatte Davide alles erzählt, was bis jetzt geschehen war. Nun musste er auch das Ende erfahren. Sie holte den Brief aus ihrer Tasche, in die sie ihn nach dem Lesen geistesabwesend gesteckt hatte und hielt ihn Davide hin. „Hier, lies selbst. Aber es ist eine grausame Geschichte."
„Mia, ich weiß nicht, was in dem Brief steht. Aber es muss etwas sein, das vor lange Zeit geschehen ist. Was immer es ist, du trägst keine Schuld und Verantwortung daran. Verstehst du?"
Mia nickt nur stumm, fühlte sich aber trotzdem, als würden Mühlensteine an all ihren Gliedmaßen hängen und sie schwer zu Boden ziehen. Vielleicht für immer. Davide nahm den Brief, der leise in seinen langgliedrigen Händen knisterte. „Dein Vater hat eine schöne Handschrift. Voller Harmonie und Großzügigkeit. Er muss ein liebevoller Mann gewesen sein."
Dieses Urteil tröstete Mia, denn genau das traf zu und sie erinnerte sich daran, dass sie ihre Liebe zu ihrem Vater verteidigen musste und niemals zulassen dürfte, dass dieses einzigartige

Gefühl kaputtging, denn das wäre unwiderruflich.
Sie zog die Beine auf die Bank und lehnte sich, halb von Davide weggedreht, mit dem Rücken an seine Schulter. Sie atmete seinen Duft ein, der sie wieder an warmes Holz erinnerte. So verharrte sie reglos, um Davide die Gelegenheit zu geben, den Brief zu lesen. Es dauerte lange, fand Mia. Doch es war auch eine sehr lange Geschichte mit vielen Kapiteln voller Liebe, aber vor allem auch voller Leid.
Irgendwann war Davide fertig. Er ließ das Papier sinken und starrte blicklos in den Garten, dessen Farben sich langsam verabschiedeten, denn die Sonne war gen Horizont gewandert und es begann zu dämmern.
„Das kann man gar nicht so schnell begreifen“, sagte Davide. „Du wirst Zeit brauchen.“
„Ja, das ist sicher so. Ich habe zwar die Worte verstanden, doch meine Gefühle kommen nicht nach. Die Seele geht zu Fuß, heißt es ja. Ich glaube, das stimmt. Ich brauche Zeit und doch muss es irgendwie weitergehen. Was soll ich jetzt nur machen?“
„In dein Appartement kannst du nicht zurück, das wäre zu gefährlich.“
„Ich habe noch nicht einmal etwas zum Anziehen. Keine Zahnbürste, kein Ladekabel,

einfach nichts …". Mia registrierte, dass es trotz der dramatischen Situation die Alltagsprobleme waren, die sie gerade verzweifeln ließen.
Davide schien nachzudenken. „Ich habe eine Idee. Wir buchen uns hier einfach ins Hotel ein, dann brauchst du gar nicht erst auf die Straße. Wer weiß, wer dir hier überall auflauert."
Mia schauet Davide erschrocken an. Sie sollte sich mit ihm hier ein Hotelzimmer nehmen? Davide sah ihren überraschten Blick und grinste schief. „Hey, Mia. Was ist?" Er küsste sie ganz leicht auf die Lippen. „Nur keinen Stress. Du bleibst erst einmal hier und ich besorge dir ein paar Sachen, die du brauchst. Wir machen einfach eine kleine Liste. Dann sehen wir weiter."
Davide holte sein Handy heraus und wartete darauf, dass sie ihm sagte, was er in die Einkaufliste tippen sollte.
„Ich brauche dringend saubere Klamotten. Nimm, was du findest. Am besten eine Hose und ein T-Shirt, Größe 36. Die Sandalen gehen noch. Dann etwas zum Frischmachen. Eine Zahnbürste, eine Creme fürs Gesicht vielleicht. Und ich brauche ein Ladekabel."
„Wird erledigt, bella Signora. Ich suche etwas Schönes für dich aus." Dabei musterte Davide sie von oben bis unten, als wolle er ihre Figur

abschätzen, um das Richtige zu besorgen. Doch Mia hatte andere Assoziationen dabei.

26

„Ich gehe zur Rezeption und frage nach einem Zimmer.“

„Das ist hier sicher furchtbar teuer…?“

„Kein Problem, das geht auf mich. Es wird Zeit, dass Venedig dir nach all den schlimmen Ereignissen etwas Gutes zurückgibt.“

Davide verschwand im Hotel. Wenige Minuten später rief er sie. Er hatte eine Suite mit Blick in den Garten bekommen. Mia huschte schnell durch die Lobby, da sie immer noch ihre schmutzigen und zerrissenen Klamotten trug. Davide und sie eilten die geschwungene Treppe mit dem Messinggeländer hoch und fanden schnell das Zimmer mit der Nummer 6. Obwohl es ein altes venezianisches Haus war, zeigte sich das Innenleben tipptopp und sehr luxuriös. Davide hielt die Chipkarte vor das Türschloss. Sie hörten den leisen Piep und öffneten die Tür.

Mia blieb fast der Atem stehen. Eine solch luxuriöse Ausstattung hatte sie tatsächlich noch nie gesehen, obwohl sie durchaus hin und wieder in guten Hotels abstieg. Es entsprach zwar so ganz und gar nicht ihrem nordisch geprägten Stil, aber der Raum war trotzdem wunderschön. Die Wände waren von roten

Stofftapeten mit goldenen stilisierten Lilienwappen überzogen. Vor den bodentiefen Fenstern mit Blick in den Garten stand eine Sitzgruppe mit einer Chaiselongue und zwei hochlehnigen Stühlen, deren Armlehnen aus geschnitztem dunklem Holz bestand. Die edlen Brokatbezüge in Blaugrau waren ebenfalls mit eingewebten Lilien versehen. Neben der Eingangstür stand eine geschwungene Wurzelholzkommode, über der das Ölporträt eines Würdenträgers, vielleicht ein Doge, hing. Ein venezianischer elfenbeinfarbener Glaskronleuchter vervollständigte die Einrichtung. Ein Bett sah Mia nicht, dafür eine Couch, die sicher zum Schlafen geeignet war.

„Wow, das ist mal ein Hotelzimmer", entfuhr es ihr.

„Ist sicher nicht ganz dein Geschmack, aber für die Nacht reicht es", sagte Davide und grinste breit.

„Aber, gibt es denn gar kein Bett? Ich bin, ehrlich gesagt, hundemüde."

Davide betrat die Suite und zeigte auf eine Empore, die durch eine Treppe erreichbar war und ein verziertes schmiedeeisernes Geländer besaß. „Voilà, Signora. Da oben findest du sicher ein Bett, das deinen Ansprüchen genügt."

Mia lief die geschwungene Treppe hoch und musste schon wieder tief Atem holen. Die Empore war genauso luxuriös wie der ebenerdige Teil der Suite und mit einem riesigen Doppelbett ausgestattet, dessen eindrucksvolles Kopfteil von reich verzierten goldenen Holzschnitzereien mit einer verschlungenen Krone als Abschluss umrahmt war. Zahllose Kissen stapelten sich am Kopfende, der Überwurf war aus anthrazitfarbenem Satin.

„Ich fühle mich ein wenig überfordert von diesem Luxus hier“, musste Mia zugeben. „Aber man muss halt nehmen, was man kriegen kann“, ergänzte sie und beschloss, dieser Opulenz mit Humor zu begegnen.

„Auf jeden Fall bist du hier erst einmal sicher.“

„Das stimmt. Keiner kann wissen, dass wir hier sind. Wie geht es jetzt weiter?“ Mia war nach der Aufregung und der beinahe schlaflosen Nacht auf der Insel so müde, dass sie kaum noch klar denken konnte.

„Ich gehe jetzt los und besorge deine Sachen. Duschgel und Shampoo wirst du sicher hier im Bad finden. Vielleicht solltest du dich einfach ein bisschen schlafen legen.“

Davide trat dicht an sie heran, gab ihr einen schnellen Kuss. Dann drehte er sich abrupt um und eilte die Treppe hinunter. Mia fühlte eine

leichte Enttäuschung, musste dann aber vor Erschöpfung tief gähnen. „Ciao bella“, rief Davide von unten. „Ich bin bald zurück.“
Mia sank mit ihren nackten Füßen tief in den dicken Teppich ein, als sie sich fast ehrfurchtsvoll dem eindrucksvollen Doppelbett näherte. Auf dem antiken Nachtisch stand eine schmale Silbervase mit einer violettfarbenen Calla. Daneben fand sie ein Beutelchen mit weißen Schokoladen-Trüffeln aus dem Piemont und ein mit goldenem Hotel-Emblem geprägtes Kärtchen mit einem Willkommensgruß. Mia seufzte tief. Das war zwar alles ein wenig schwülstig, umhüllte sie aber mit einer luxuriösen Behaglichkeit, die sie gerade jetzt besonders gut gebrauchen konnte.
Als sie sich aufs Bett setzte, sank sie tief ein. Sie schwang die Beine hoch und ließ sich einfach in die Kissen fallen. Eigentlich sollte ich erst einmal duschen, ging es ihr vage durch den Kopf. Doch die Erschöpfung war so groß, dass ihr die Augen zuklappten und sie in einen tiefen, traumlosen Schlaf fiel.
Sie erwachte, als es klopfte. Es war der Zimmerservice, der die Suite für die Nacht vorbereiten wollte. „No, grazie“, rief Mia Richtung Tür, denn sie wollte nicht gestört werden. Bevor sie entscheiden konnte, was als

nächstes zu tun war, musste sie noch das verbleibende Blatt Papier aus dem Briefumschlag ihres Vaters mit der Aufschrift „Alice und Alesandro da Lago, Palazzo Nero" lesen.
Sie lief ins Parterre ihrer Suite, bereitete sich einen starken Espresso an der üppig bestückten Kaffeestation und kramte das Papier aus ihrer Tasche. Sie kuschelte sich in die Ecke der Chaiselongue und begann zu lesen.

„Mia, mein liebes Kind. Du hast nun den Brief mit meiner Beichte gelesen. Ich weiß nicht, welche Stürme jetzt in dir toben. Ich weiß auch nicht, ob du mir verzeihen wirst – jetzt oder vielleicht auch erst in ein paar Jahren. Doch auf all das habe ich nun keinen Einfluss mehr.
Mir bleibt trotzdem, dir noch einige wichtige Dinge zu sagen. Vielleicht hast du es noch gar nicht realisiert, aber du bist die Erbin der Familie da Lago. Alice und Alessandro haben keine weiteren Nachkommen, außer einem Großneffen, der in ihrer Gunst nicht sehr hochsteht. Falls du dich nicht bei Alice und Alesandro zu erkennen gibst, wird er wohl trotzdem alles erben.
Mia, wenn du dich der Vergangenheit, die du jetzt erfahren, aber überhaupt nicht zu

verantworten hast, stellen willst und dir vorstellen kannst, als eine Da Lago zu leben, dann geh in den Palazzo Nero. Ich bin sicher, Alice wird dich mit offenen Armen empfangen. Erzähl ihr von dem Brief, dann wird sie wissen, dass du wirklich und wahrhaftig Mia da Lago bist.

Als endgültigen Beweis hast du die Kette. Ich habe sie Bruno gegeben, sodass du sie sicher bekommen hast. Die Kette gehörte deiner Mutter. Sie trug sie fast immer. Doch ein paar Tage vor ihrem Tod hat Anna-Giulia sie zur Reparatur gebracht, da eine Perle herausgefallen war. Ich habe sie dort dann abgeholt. Die Kette machte Anna-Giulia zur rechtmäßigen Besitzerin des Tintorettos, der im Palazzo Nero im Empfangssaal hängt. Nun gehört die Kette dir und damit auch dieses in der Kunstwelt so hochgeschätzte Gemälde.

Dein Papa

Sie war die Alleinerbin einer alten venezianischen Patrizierfamilie mit Vermögen, einem Palast am Canale Grande und Kunstschätzen? Mia verstand zwar die Worte, doch die Bedeutung konnte sie nicht begreifen. Sie hatte einen Job, verdiente ganz gut und konnte sich alles leisten, was ihr wichtig war.

Wozu brauchte sie einen Palast oder einen Tintoretto?
Mia blickte aus den bodentiefen Fenstern. Die Dunkelheit hatte die Konturen der Bäume und Büsche im Garten verschwimmen lassen. In der Ferne sah sie einige Lichter flackern, wahrscheinlich die Laternen, die am Bootsanleger aufgestellt waren.
Was sollte sie machen? Einfach abhauen, nach Hamburg zurückkehren und so tun, als sei dies alles hier nur ein verrückter Traum gewesen? Die Versuchung war da, doch das würde nicht funktionieren. Mia spürte, wie diese Familie mit ihrer Mutter, die auf der Friedhofsinsel San Michele begraben war, und ihren Großeltern, die nicht weit entfernt am Canale Grande lebten und vielleicht gerade jetzt bei einem Glas Wein beisammensaßen, von ihr Besitz ergriffen hatte. Sie konnte auf keinen Fall abreisen, ohne ihre Großeltern zu sehen. Es waren ihre nächsten Verwandten und genau genommen ihre einzigen, denn ihr Vater hatte keine Geschwister gehabt. Sie musste Alice und Alessandro sehen. Alles Weitere würde sich finden.
Mia saß noch lange mit hochgezogenen Knien auf der Chaiselongue und versuchte zu begreifen, wie ihr Leben plötzlich auf den Kopf

gestellt wurde. Irgendwann klopfte es und Davide rief ihren Namen.

Davide. Mia erwachte aus ihrer Starre. Sie spürte, wie ihr Körper unter Strom stand. Sie lief zur Tür und öffnete sie langsam. Dabei wurde ihr wieder bewusst, dass sie immer noch ihre dreckige Kleidung aus der Entführungsnacht trug.

Davide stand im Halbdunkel des Hotelflurs. Er wirkte zugleich jung und männlich. Er sah gut aus, doch es war sein Blick, der sie gefangen nahm. Er schaute sie unsicher an und war nervös – wie sie auch. Mia drehte sich schnell um und ging Richtung Minibar. Sie öffnete den Kühlschrank, holte eine Flasche Pinot Grigio heraus und goss zwei Weingläser voll. Als sie sich umdrehte, stand Davide mit dem Rücken zu ihr im Raum und starrte durch die Fenster in die Dunkelheit. Sie registrierte, dass er ein dunkelblaues Hemd trug, die Ärmel hochgekrempelt. Die Hose schmiegte sich eng an seinen Po und ließ erkennen, wie gut er geformt war.

Mia schluckte und ihr wurde heiß. „Ich gehe mal duschen“, hörte sie sich sagen. Davide drehte sich um, schaute sie vage an und deutete auf die

Chaiselongue, auf der eine Tüte lag, offenbar mit ihren neuen Sachen.
Mia griff die Tüte und verschwand im Badezimmer, das sich im Parterre befand. Sie war wie in Trance und hielt sich nicht lange unter dem heißen Wasserstrahl auf. Die Duschlotion roch nach Orangen und Vanille und hinterließ einen schwachen Dufthauch auf ihrer Haut. Ohne sich gründlich abzutrocknen stieg sie in die Kleider, die Davide besorgt hatte. Einen weißen knappen Slip mit ein wenig Spitze am Bund, eine Jeans, die perfekt passte und ein einfaches, karmesinrotes Top, das gerade ihren Bauch bedeckte.
Mias Haare waren an den Spitzen vom Duschen nass, doch sie kümmerte sich nicht darum. Sie trat aus der Badezimmertür, aus der eine Dampfwolke ins Zimmer waberte. Davide hatte sich auf die Couch gesetzt. Mia holte die beiden Weingläser und reichte eines an Davide. Er trank einen kleinen Schluck und Mia starrte auf seine Unterarme, an denen die Muskeln hervortraten. Sie setzte sich in sicherer Entfernung auf ein samtbezogenes Sitzkissen ihm gegenüber.
Mia wusste nicht, was sie tun sollte und begann, Davide unnötige Fragen zu stellen. Wo er die Kleider eingekauft hatte, ob draußen viele

Menschen unterwegs seien, ob er in diesem Hotel schon einmal übernachtet habe. Davide antwortete einsilbig auf die ersten Fragen und ignorierte die letzte. Er stand auf, kam auf sie zu, nahm ihr das Glas aus der Hand und stellte es auf den Tisch. Dann nahm er ihren Kopf zwischen seine beiden Hände und küsste sie auf die Lippen.

Mia schrak zurück. Er hielt kurz inne.

„Ich…“, sagte sie.

Er reagierte nicht und begann erneut, sie zu küssen. Dieses Mal länger und intensiver. Er schmeckte leicht nach Kaffee. Seine Lippen waren weicher, als sie gedacht hatte.

Seine linke Hand berührte ihren Oberschenkel. Die rechte Hand strich über ihre Wange und glitt in ihren Nacken. Er zog ihren Kopf behutsam zu sich hin. Sie öffnete ihren Mund und schlang ihre Arme um seinen Körper, als wolle sie sich irgendwo festhalten. Seine Hände glitten an ihrem Rücken unter ihr Top, tasteten sich dann nach vorne und strichen flüchtig über ihre Brüste. Ihr Körper stand in Flammen und sie bewegte sich unter seinen Händen, als würde sie nach einer unbekannten Melodie tanzen.

Dann fühlte sie sich hochgehoben. Sie ließ die Augen geschlossen. Sie klammerte sich an ihn und überließ sich dem, was er mit ihr tat. Er setzte sie behutsam auf die Couch und streifte mit einer Handbewegung ihr T-Shirt nach oben über ihren Kopf. Sie schloss die Augen und gab sich den Empfindungen hin, die sein Mund auf ihrer Haut hervorriefen.

Seine Lippen wanderten nach oben und sie fühlte sie wieder auf ihrem Mund. Dann hielt er inne und schaute sie an. Ihre Gesichter waren sich so nah, dass sie seine Augen nur verschwommen sah. Seine Hände wanderten nach unten und suchten den obersten Knopf ihrer Jeans. Er küsste sie zärtlich und öffnete ohne Hast nach und nach einen Knopf nach dem anderen.

Dann zog er sie sanft hoch und sie begann, die Knöpfe seines Hemdes zu öffnen. Dabei fuhr sie mit ihren Händen unter den Stoff. Sie strich über seine glatte Brust und ertastete die Erhebungen und Senken seiner Muskeln. „Ich möchte bei dir sein“, murmelte Davide. Sein Atem und ihrer wurden tief und regelmäßig. Sie bewegten sich wie Wellen und ihre Welt verschmolz in einer einzigen Empfindung tief in ihrem Schoß.

Später lagen sie still nebeneinander. Sie spürte seinen Atem wie einen leichten Windhauch über ihren Nacken streichen. Sie fühlte sich schwer und wie gelähmt, so als könnte sie für die nächste Zeit keine Bewegung machen. Sie

öffnete die Augen und sah verwirrt auf Davides Gesicht und sein Haar direkt vor ihrem Gesicht. Ihr Bewusstsein meldete sich zurück. Was war in den letzten Minuten, die ihr wie eine Ewigkeit erschienen waren, geschehen? Hatte sie das gewollt? Ja, dachte sie träge. Sie hatte das gewollt und sie würde es wieder wollen.
Davides Gesicht war an ihrem Hals vergraben und seine Zunge spielte mit ihrem Ohrläppchen. Dann bog er den Kopf zurück und betrachtete sie neugierig. Es küsste sie auf beide Augen, auf ihre Nase und den Mund.
„Ich liebe dich", sagte er.
Mia schüttelte leicht den Kopf. „Sag das nicht. Du kennst mich doch gar nicht."
„Doch, ich kenne dich. Und ich liebe dich. Glaub mir, ich weiß es."
Mia ließ die Worte unwidersprochen stehen und schmiegte sich mit ihrem ganzen Körper eng an ihn. „Wir werden sehen"; murmelte sie. Dann schlummerte sie, ohne es zu wollen, einfach ein.
Sie hatte nur ein paar Minuten geschlafen. Als sie die Augen öffnete, lag Davide auf dem Rücken und sie in seiner Armbeuge. Er hatte eine Decke geholt, die sie beide bedeckte. Er streichelte mit seinen Fingern über ihren Rücken und sah entspannt und zufrieden aus.

„Hast du nicht ein bisschen Hunger?“, fragte Davide. „Ja“, antworte Mia gedehnt und musste ausgiebig gähnen.
Davide schlüpfte unter der Decke vor und lief nackt wie er war zum Tisch, auf dem eine Papiertüte lag. „Ich habe uns Crostini mitgebracht.“ Er schien völlig unbefangen und Mia konnte seinen gut gebauten Körper mustern. Er hatte schmale Hüften, aber kräftige Beine mit ein paar Kräuselhaaren. Seine Haut war ansonsten glatt und leicht olivenfarben.
Davide holte zwei Teller und ein paar Servietten und breitete ihr Mahl wie zu einem Picknick auf der Sofadecke aus. Dazu holte er ihre beiden Weingläser und schenkte nach.
Mia merkte plötzlich, wie hungrig sie war und dass sie leicht fror. Sie hangelte Davides Hemd vom Boden und zog es über. „Bella Mia“, flüsterte Davide und küsste sie leicht auf den Mund. Dann griffen sie zu und vertilgten in Windeseile die kross gerösteten Minibrote mit Ricottacreme, Ziegenkäse und Schinken.
„Ich habe den zweiten Brief meines Vaters gelesen“, nahm Mia den Gesprächsfaden auf. Davide schaute aufmerksam, sodass Mia fortfuhr.
„Man kann das kaum glauben. Aber ich bin offenbar die Erbin, die Alleinerbin, der Familie

da Lago hier aus Venedig. Sie müssen ein beträchtliches Vermögen haben, dazu einen Palast direkt am Kanal und einige sehr wertvolle Gemälde, zum Beispiel einen Tintoretto. Das ist für mich eine ziemliche Überraschung, genau genommen ist es ein Schock. Ich habe nie darüber nachgedacht, wie es wäre, reich zu sein. Ich weiß gar nicht, wie so etwas geht."
Davide lachte unbeschwert wie ein kleiner Junge. „Du weißt nicht, wie reich sein geht? Von so einem Problem habe ich hier in Venedig noch nie gehört."
Dann wurde er nachdenklich. „Dass du die Enkelin und damit Erbin von Alice und Alessandro da Lago bist, erklärt auch, warum du bedroht und dann entführt wurdest. Da gibt es sicher Leute, die nicht wollen, dass der ganze Besitz in deine Hände übergeht. Soweit ich weiß, haben die da Lagos auch noch einen entfernten Verwandten in dritter Generation. Der könnte hinter dem Ärger stecken, den du hast."
Mia dachte an Davides merkwürdiges Verhalten vor ein paar Tagen und entschloss sich, ihre Frage rundheraus zu stellen. „Was weißt du über die ganze Geschichte, Davide? Bis du darin verwickelt?"
Seine Augen verdunkelten sich und er blickte kurz zur Seite. Doch dann schien er sich einen

Ruck zu geben und sah sie geradewegs an. „Ich kenne nur Bruchstücke. Ich wusste, dass dein Vater nach dem Tod von Anna-Giulia mit seiner kleinen Tochter Venedig verlassen hat und nicht mehr wiedergekehrt ist. Er war ein Vertrauter meines Vaters Bruno. Vor knapp drei Wochen wollte ich meinen Vater besuchen. Als ich vor der Tür stand, habe ich ungewollt ein Gespräch belauscht. Es war ein Mann bei meinem Vater, der ihm einen reichen Kunden zuschustern wollte, wenn er ihm das Versteck eines Kastens verriet. Der Kunsthandel meines Vaters läuft sehr schlecht, musst du wissen, und so willigte Bruno ein. Ich ahnte irgendwann, dass diese Geschichte etwas mit dir zu tun hat, Mia. Aber ich wollte meinen Vater nicht an den Pranger stellen, zumal ich ihm all die Jahre mit seinem Kunsthandel nicht so geholfen habe, wie es sich für einen Sohn gehört. Also habe ich beschlossen, mich aus der ganzen Geschichte rauszuhalten, zumal ich sowieso nicht genau wusste, worum es geht und es auch nicht meine Sache war. Doch dann kamst du mir dazwischen …"

„Wie meinst du das?"

„Nachdem wir uns in der Grotte geküsst haben, wollte ich das zwischen uns beenden, um nicht in einen Konflikt zwischen dir und meinem

Vater zu geraten. Doch ich konnte nicht. Bald merkte ich, dass ich mich in dich verliebt hatte, mia cara."
Davide schaute sie zärtlich und gleichzeitig ängstlich an. Mia führte ihr Gesicht so nah an seins heran, dass ihr Blick hin- und herwandern musste, um seine beiden Augen zu sehen. Sie blickte in das tiefe Grün mit den großen dunklen Pupillen. Sie war sich sicher: Er sagte die Wahrheit und sie glaubte ihm.
Diese Nacht fanden Mia und Davide nicht viel Schlaf. Sie redeten über ihre Vergangenheit, schliefen miteinander und redeten weiter. Und sie schmiedeten einen Plan. Am nächsten Tag würden sie in den Palazzo Nero gehen und reinen Tisch machen.

28
Der Unbekannte

Mia war abgehauen. Verdammt, wie konnte das passieren? Die beiden brutalen Handlanger des Kunsthändlerrings sollten eigentlich wissen, wie so etwas geht. Auch das Versteck, die „Insel ohne Wiederkehr“, war gut gewählt. Doch von wegen, ohne Wiederkehr. Das kleine Luder war einfach abgehauen. Allein der liebe Herrgott wusste, wie ihr das gelungen war. Zwei ausgebuffte Kriminelle, die sich nicht scheuten, auch einmal Hand anzulegen, hatten es offenbar nicht geschafft, eine zierliche junge Frau so zu fesseln, dass sie da bleibt, wo sie bleiben soll. Der Boss wird die beiden ordentlich zusammengefaltet haben. Das verschaffte ihm immerhin ein Gefühl des Triumpfs. Endlich war einmal nicht er der Blöde und ewige Versager.

Doch was half ihm das? Nun geisterte Signorina Mia also wieder durch Venedig und schnüffelte sicher in der Vergangenheit herum. Das war nicht gut, überhaupt nicht gut! Irgendwie schien sie herausgefunden zu haben, wer sie war – schlimmer noch, wer ihre Großeltern waren! Wenn sie dort auftauchen würde, wäre alles verloren. Alice wartete doch insgeheim nur auf

die Rückkehr ihrer Enkelin. Wenn Mia es tatsächlich in den Palazzo Nero schaffte, würde für ihn die Welt zusammenbrechen. Ihm würde nichts bleiben, rein gar nichts. Adé schönes Leben, adé gesellschaftliche Anerkennung. Doch das war noch nicht alles. Es drohte noch Schlimmeres: Die Kunstbande würde ihn fertig machen, da er ihnen den versprochenen Tintoretto nicht geben könnte.
Er musste Silvio Bescheid geben. Der war der Boss dieser Verbrecherbande. Sie müssten am Palazzo Nero Posten beziehen, denn dort, so war er sich sicher, würde Mia früher oder später auftauchen, um an ihr Erbe zu kommen. Das war die letzte Chance für die Bande, an den Tintoretto zu kommen – und es war auch seine letzte Chance.

29

Mia rappelte sich langsam aus dem Reich der Träume in die Wirklichkeit zurück. Sie hielt die Augen geschlossen und lächelte. Neben sich spürte sie die Wärme Davides. Sie roch seinen Duft und umschlang ihn von hinten mit ihren Armen. Davide brummte etwas vor sich hin und schien nicht vorzuhaben, die Augen zu öffnen. Sie hatten irgendwann nachts zwischen ihrem Reden und den Umarmungen beschlossen, am nächsten Tag zum Palazzo Nero zu gehen. Mia linste auf ihr Handy und stellte fest, dass es schon nach 11 Uhr war.
Schweren Herzens huschte sie aus dem Bett und stellte sich unter die Dusche. Ihre Haut kribbelte unter dem heißen Wasserstrahl. Plötzlich steckte Davide seinen Kopf in die Duschkabine, doch sie jagte ihn lachend raus. Jetzt war es Zeit, an etwas anderes zu denken.
Bald darauf verließen sie beide Hand in Hand die Suite, um auf der Terrasse des Hotels zu frühstücken. Im Garten war direkt am Haus ein weißer Baldachin aufgespannt, unter dem die Frühstückstische gedeckt waren. Obwohl sie sehr spät waren, begrüßte sie der livrierte Kellner mit ausgesuchter Freundlichkeit und

ratterte auswendig die umfangreiche Menükarte herunter. Sie bestellten Eggs Benedict, frische Früchte, Toast und beide einen Cafè Latte. Die Sonne blitzte durch die hohen Bäume und ließ Lichtpunkte auf dem Tisch tanzen. Aus der Ferne hörte man Vogelgezwitscher und hin und wieder das knatternde Geräusch eines Motorbootes, das auf der Lagune vorbeifuhr.

Davide lächelte Mia über den Tisch hinweg an. „Dieser Moment könnte meinetwegen ewig dauern“, sagte er leise. Hier und jetzt an diesem Frühstückstisch umfing sie das Glück wie ein Kokon. Doch das würde nicht so bleiben, das wussten beide. Ihnen stand noch ein schwieriger, ja vielleicht sogar gefährlicher Weg bevor. Sie hatten einen Plan geschmiedet und würden zusammen zum Palazzo Nero gehen.

30
Alice

Alice saß, wie fast immer, in ihrem Lieblingssessel im lichtdurchfluteten Empfangszimmer des Palazzo Nero mit Blick auf den Canale Grande. Sie war ein klein wenig aufgeregt, ein Gefühl, das sie schon lange nicht mehr gespürt hatte. Sie hatte schon seit ein paar Jahren die Hoffnung aufgegeben, ihre Enkelin jemals zu Gesicht zu bekommen. Doch dann war vor ein paar Tagen André, ihr geschätzter Kunstberater und inzwischen guter Freund, gekommen. Sie hatten über die Ausleihe einiger Gemälde für ein Museum geredet. Dabei kam auch wieder der Tintoretto zur Sprache, den der Nichtsnutz Ricci für eine Ausstellung in Rio de Janeiro verleihen wollte. André hielt das für keine gute Idee. Er misstraute Ricci.

Da André ihr etwas unter vier Augen sagen wollte, hatten sie Alessandro überredet, einen Spaziergang im Garten zu machen. Dann hatte André ihr von einer jungen Frau erzählt, die offenbar im Besitz einer Kette war, die genau der Kette auf dem Tintoretto glich. In Alice keimte, ohne dass sie es wollte, ein winziger Samen der Hoffnung. André wirkte allerdings beunruhigt. Er war als Kurator immer bestens darüber informiert, was in der Kunstszene in Venedig los war. Und er wusste, dass es einen Interessenten für genau diesen Tintoretto gab, der an den Besitz der Kette gebunden war. Er machte sich offenbar Sorgen um die junge Frau und verließ fast überstürzt den Palazzo, um etwas zu erledigen.

So war sie mit ihren Gedanken und neuen Hoffnungen allein geblieben. Sie würde hier einfach sitzen und warten. Sie konnte das Schicksal nicht mehr beeinflussen, doch es gab einen winzigen Hoffnungsschimmer, dass es ihr doch noch gnädig sein würde.

31

Mia und Davide hatten noch einen zweiten Cafè Latte getrunken, dann gab es keinen Grund mehr, ihr Vorhaben hinauszuschieben. Davide bestellte an der Rezeption ein Wassertaxi, das sie zum Palazzo Nero bringen sollte. Mia eilte in die Suite, um die Kette zu holen, die sie am Abend zuvor abgelegt und in eine Schmuckschale aus Alabaster im Badezimmer gelegt hatte. Sie hatte sich inzwischen an die Kette mit dem perlengesäumten Granatanhänger gewöhnt und stopfte sie wie all die Tage in den Ausschnitt ihres Shirts. Den Brief ihres Vaters steckte sie ebenfalls ein.

Das Wassertaxi hielt direkt am Anleger des Hotels. An diesen Komfort könnte ich mich gewöhnen, dachte Mia und überlegte, ob sich ihr Lebensstil womöglich bald grundlegend ändern würde. Mia und Davide entschieden sich für den Sitzplatz am Heck des kleinen Bootes unter freiem Himmel, um die Fahrt über die Lagune und später auf dem Canale Grande richtig genießen zu können. Eng aneinander geschmiegt setzten sie sich auf die gepolsterte Holzbank. Sofort preschte das Taxi los und umrundete Venedig in weitem Bogen. Sie fuhren in den Rio de Cannaregio ein und später unter der Ponte delle Guglie hindurch. Dann bogen sie nach links in den Canale Grande, diese rund vier Kilometer lange Wasserstraße, die Venedig in einer geschwungenen S-Form in zwei Hälften teilte.

„Nur vier Brücken führen über den Canale Grande, wusstest du das?“, fragte Davide und erwies sich wieder einmal als hervorragender Venedig-Kenner. „Von hier bis zur Basilica di Santa Maria della Salute, wo der Canale in der Nähe des Markusplatzes in die Lagune mündet, sind es nur die Rialtobrücke und die Ponte dell‘ Accademia.“

Mia lehnte sich an Davide, genoss den Fahrtwind auf dem Gesicht und lauschte Davide, der sie rechts und links des Kanals auf berühmte Kirchen, Plätze und Paläste aufmerksam machte. Der Palazzo Nero der Familie da Lago, das hatte Davide gewusst, ohne einen Blick auf die Karte zu werfen, lag im Sestiere Dorsoduro am San-Marco-Ende des Canale Grande in der Nähe des Peggy Guggenheim Museums. Davide entführte sie mit seinen Erzählungen in die Zeit des Mittelalters und der Renaissance, in der die meisten Paläste Venedigs gebaut wurden. Früher bezeichnete man sie schlicht als „Casa“, also Haus. Etliche Palastnamen trugen auch heute

noch „Casa“ oder abgekürzt „Ca‘“ in ihrem Namen wie etwa der Palast Ca’ d’Oro, dessen Fassade mit reichlich Blattgold verziert war.
Rund 200 Palazzi säumen den Canale Grande und so passierten Mia und Davide auf ihrer Fahrt einige der schönsten Paläste, die Venedig zu bieten hatte. Zu vielen hatte Davide eine Geschichte zu erzählen. Direkt an der Rialtobrücke ragte etwa der prunkvolle fünfeckige Palazzo die Camerlenghi auf, in dem früher die Finanzverwaltung Venedigs ihren Sitz hatte. Die Zellen für die Steuersünder waren im Erdgeschoss untergebracht und für die vorbeieilenden Passanten einsehbar – zur Abschreckung und als besonders peinliche Strafe für die Verurteilten. Bald darauf sahen sie das Ca´ Farsetti mit seinen fünfzehn Arkaden im Piano nobile, also dem ersten Stockwerk, das stets besonders repräsentativ gestaltet war. „Hier ist heute das Rathaus Venedigs untergebracht“, erzählte Davide, und wusste auch, dass George Clooney dort geheiratet hatte.
Ein Palast folgte auf den nächsten, manche wie verzierte Märchenschlösser, andere im eleganten klassizistischen Stil wie etwa der Palazzo Grassi, in dem die Privatsammlung des Multi-Milliardärs Francois Pinault für die Öffentlichkeit zugänglich war. Rechts kam dann

der Palazzo Venier die Leoni in den Blick, der so gar nicht ins Bild passte. Von diesem als Prunkhaus geplanten Gebäude war nämlich nur die unterste Etage fertiggestellt worden, so dass es am Ende bei einem Flachbau blieb. Berühmt ist dieses Haus trotzdem, da hier die „Collezione Peggy Guggenheim“ mit Kunst des 20. Jahrhunderts gezeigt wurde. Im Garten, so wusste Davide auch zu diesem Haus eine Anekdote, waren die Urne der Kunstmäzenin Peggy Guggenheim und ihre Haustiere begraben.

„Bald sind wir da“, flüsterte Davide ihr ins Ohr. „Doch schau mal dort drüben. Das ist der vielleicht unheimlichste Palast Venedigs, der Palazzo Ca´ Dario.“

Mia blickte erstaunt auf Davide und dann auf das Gebäude, das er ihr zeigte. Ein eher kleiner Palast mit einer prächtigen Renaissance-Fassade, Marmorintarsien und hohen Schornsteinen.

„Wieso unheimlich?“

„Es heißt, wer hier einzieht oder länger als drei Wochen bleibt, ist dem finanziellen Ruin geweiht oder kommt unter mysteriösen Umständen zu Tode.“

„Na ja, ist halt so ein Spukmärchen …“

„Vielleicht. Aber ehrlich gesagt würde auch ich den Palast nicht geschenkt nehmen. Es ist wirklich gruselig, was den vielen Besitzern des Ca' Dario widerfahren ist. Der erste Bewohner nach der Fertigstellung des Palastes 1479 wurde erstochen, seine Frau beging im Canale Grande Selbstmord. Später gehörte der Palast einem homosexuellen Paar, das dort gemeinsam Suizid beging. Der nächste Besitzer war ein ungarischer Graf, der kurz nach dem Kauf finanziellen Ruin erlitt. Dann kam ein Poet, der schwer erkrankte und starb, danach ein Opernsänger, der einen schweren Autounfall hatte, als er auf dem Weg war, um den Kaufvertrag zu unterschreiben. Die Liste geht noch weiter und steckt voller Morde, Unfälle und anderer Katastrophen. Auch Filmlegende Woody Allen wollte Ende der Neunziger Jahre das Haus kaufen, doch als er erfuhr, welcher Fluch auf dem Gebäude liegt, nahm er sofort Abstand."

Eigentlich war Mia gerade nicht nach Schauermärchen zumute, aber sie war doch fasziniert. „Ich hoffe bloß, dass der Palazzo Nero keine solch gruselige Vergangenheit hat."

„Mi scusi, Mia, ich wollte dich nicht beunruhigen. Nein, der Palast der da Lagos ist natürlich nicht verflucht. Schau mal da herüber, das ist das Haus deiner Familie."

Mia starrte wie gebannt auf das Gebäude. Es war dreistöckig und mittelgroß mit runden Arkadenbögen und verzierten Marmorbalustraden in der ersten und zweiten Etage. Die Wasseretage war durch zwei Portale für die Einfahrt von Booten gegliedert. Die helle Fassade war mit Mosaiken aus Muranoglas verziert. Um das Dach lief ein feiner, gezahnter Sims und schien dem Palast eine Krone aufzusetzen. Der Palazzo wirkte prächtig, aber nicht so protzig wie viele andere Häuser am Canale Grande. Mia verliebte sich auf der Stelle in den Palast ihrer Familie..

Davide wies den Fahrer des Wassertaxis an, in den Rio de San Vio einzubiegen. Sie hatten sich entschieden, es über den Landzugang zu versuchen. Das Taxi hielt an der zweiten Brücke, Davide zahlte und sie liefen die Calle della Chiesa entlang. Sie war zuerst schmal und dunkel, öffnete sich dann aber, sodass viele kleine Cafés und Trattorien ihre Tische aufgestellt und Markisen ausgefahren hatten. In den Restaurants saßen junge Paare, Freundinnen, Familien und Geschäftsleute – ein bunt gemischtes Publikum, das sich einen späten Lunch schmecken ließ oder bei einem Kaffee

ein Schwätzchen hielt. Ein einzelner Mann fiel Mia auf. Sie meinte ihn zu kennen, aber er drehte sich weg und sie ließ den Gedanken wieder fallen.
Davide führte sie zu einer unscheinbaren Holztür, die in eine Mauer aus roten, brüchigen Ziegeln eingelassen war. Ein kleines angelaufenes Messingschild in Augenhöhe zeigte drei Klingelknöpfe. Neben einem las Mia „da Lago, privado“. Mia starrte ungläubig darauf. Da sollte sie jetzt klingeln und ihre Großmutter würde ihr die Tür öffnen? Das kam ihr absurd vor und sie konnte sich nicht vorstellen, dass man sie einlassen würde.
„Mia, ich habe mir etwas überlegt“, hörte sie Davide sagen. „Ich befürchte nämlich, dass sie uns nicht so einfach die Tür öffnen werden.“
Das war Gedankenübertragung, fand Mia und war froh, dass Davide offenbar eine Idee hatte, wie man das Problem lösen könnte.
„Du kannst es nicht wissen“, sagte Davide und gab ihr einen schnellen Kuss. „Ich verdiene meine Brötchen als Immobilienmakler, wie mein Vater dir ja schon mit kritischem Unterton unter die Nase gerieben hat. Aber das ist noch nicht alles. Ich bin hier in Venedig an einigen Kunst- und Sozialprojekten beteiligt. Unter anderem leite ich als Geschäftsführer die

Stipendiaten-Stiftung des Peggy Guggenheim Museums. Wir sind permanent auf der Suche nach Wohnungen für Kunst-Stipendiaten aus aller Welt. In dieser Funktion hatte ich schon Kontakt mit den da Lagos, wobei ich Alice und Alessandro nie persönlich getroffen habe. Lass mich klingeln und sagen, dass ich wegen der Stipendiaten-Wohnungen komme. Das sollte klappen, denn die da Lagos waren der Idee grundsätzlich aufgeschlossen."

Mia schwirrte der Kopf. In den vergangenen Tagen hatte sie einfach zu viele neue Informationen bekommen und ihr Hirn kam nicht hinterher, um alles zu sortieren und einzuordnen. Davide unterstützte Kunst-Stipendiaten? Wieder eine neue Seite an ihm, die sie nicht kannte, die ihr aber sehr sympathisch war.

„Das klingt nach einem guten Plan, Davide. Ehrlich gesagt, hatte ich überhaupt nicht darüber nachgedacht, dass man bei den da Lagos nicht einfach so klingeln kann und sie dann plötzlich in der Haustür stehen."

Davide nahm sie in den Arm. Er merkte offenbar, dass sie sich überfordert fühlte und Mutlosigkeit sie überfiel.

„Keine Sorge, cara Mia. Wir bekommen das schon hin. Ich versuche es einfach mit der Stipendiaten-Geschichte.“
Ohne weiter abzuwarten, wanderte Davides Arm nach oben und er drückte auf den Klingelknopf. Es dauerte eine gefühlte Ewigkeit. Dann knarrte die Gegensprechanlage und eine tiefe, weibliche Stimme fragte, wer da sei. Davide ratterte sein Sprüchlein herunter.
„Ich frage bei Signora Alice nach. Moment.“
Die Minuten verstrichen und kamen Mia endlos lang vor. Würde Alice Davides Geschichte glauben? Was würden sie tun, wenn es nicht klappte? Würden Alice und Alessandro sie überhaupt sehen wollen? Vielleicht war sie unerwünscht? Vielleicht war alles einfach nur ein Irrtum, ein Hirngespinst?
Am liebsten wäre Mia umgekehrt. Aber da knisterte es wieder in der Gegensprechanlage und die tonlose Stimme sagte: „Gehen sie durch den Garten, dann durch die hohe, schwarze Eingangstür mit dem Löwenkopfknauf und die Marmortreppe hinauf in den ersten Stock. Dort erwarte ich sie.
Sie vernahmen den Summer und stießen die unscheinbare Tür auf. Als erstes hörte Mia die Vögel zwitschern, dann roch sie den Duft nach Jasmin. Der Garten war ein kleines Paradies,

liebevoll gepflegt mit blühenden Hortensien, Rosenbäumchen und hohen Fächerpalmen, die im Wind klapperten. Sie liefen über einen geschwungenen Weg aus weißem Kies, kamen an einem abgedeckten, gemauerten Brunnen vorbei und gelangten dann an die beschriebene Eingangstür.

Garten und Haustür waren einladend und hochherrschaftlich, doch sie bereiteten Mia nicht auf das prunkvolle Treppenhaus vor, das sich hinter der Tür auftat. Eine breite Treppe aus weißem, grau meliertem Carrara-Marmor führte in einem weiten Bogen nach oben. Das Treppengeländer bestand ebenfalls aus Marmor und wurde von geschwungenen Säulen getragen. Die Seitenwände waren mit Fresken bemalt, die von einem goldenen Stuckrahmen umgeben waren. In einer Nische sah Mia eine Säule, die den fein gearbeiteten Bronzekopf einer jungen Frau trug. Das Treppenhaus wirkte licht und einladend. Und doch zögerte Mia, ihren Fuß auf die glatt polierten Stufen zu setzen und diesen Weg zu gehen, der vor ihr lag und vielleicht unwiderruflich war.

„Komm, Mia. Alles wird gut“, hörte sie Davide hinter sich sagen. Er griff sie leicht am Oberarm und schob sie sanft nach vorn. Mia nahm die Treppe in Angriff und drehte staunend den

Kopf, um die Gemälde zu betrachten. Es schienen biblische Szenen zu sein, doch das war kein Wunder, wenn es sich um Fresken aus dem 16. Jahrhundert handelte. Sie schaute nach oben und sah auf dem Podest der ersten Etage eine Frau mit zurückgesteckten, grauen Haaren und einem strengen Gesichtsausdruck am Geländer stehen. Das musste die Frau sein, die ihnen die Tür geöffnet hatte.

„Kommen Sie. Ich bringe Sie in den Salon. Signora Alice erwartet Sie."

Mia fühlte sich zittrig. Ihr Herz schlug schnell und sie wäre am liebsten umgekehrt. Doch wie von einer fernen Hand gelenkt, stieg sie die Marmortreppe nach oben und folgte der Frau mit den streng zurückgebundenen Haaren. Sie spürte Davide rechts hinter sich und fühlte sich der Situation plötzlich gewachsen. Sie hatte nichts verbrochen und konnte Alice mit erhobenem Kopf begegnen, auch wenn sie nicht erwünscht wäre.

Sie gelangten an eine hohe, zweiflüglige Tür aus poliertem Nussbaum mit einem komplizierten Intarsienmuster. Sie schwang ohne ein Geräusch auf und Mias Blick fiel in einen großen, von der Sonne hell erleuchteten Salon mit sehr hoher Decke und zahlreichen, symmetrisch angeordneten Rundbogenfenstern, die offenbar alle auf den Canale Grande hinausgingen. Vor einem der geöffneten Fenster stand eine Frau, die ihnen den Rücken zuwandte. Sie trug ein schlichtes dunkelblaues Kostüm und hatte ihre hellen, fast weißen Haare zu einem Dutt hochgesteckt. Sie passte in dieses Haus und wirkte doch zart und zerbrechlich vor dieser eindrucksvollen Kulisse.

Ihre Stimme klang leise, aber freundlich, so als wollte sie ein einfaches Lied anstimmen. „Davide Gotto, schön, dass Sie da sind. Ich kenne Ihren Vater“, begrüßte die Frau sie und drehte sich dabei langsam um.

Es war Mia, als bliebe die Zeit stehen. Als wäre die Gegenwart eingefroren und würde sich wie eine Folie über unendlich viele Szenen aus der Vergangenheit legen. Mia stand nur da. Sie fühlte sich klein und schwach. Ihre Augen brannten sich in die Augen der Frau mit den weißen Haaren.

Die Sekunden vergingen. Sie rannen wie der Sand einer Eieruhr regelmäßig und unaufhaltsam, ohne dass etwas geschah. Mia verlor das Gefühl für die Zeit. Es war die andere, so spürte sie, die den Bann brechen musste. Sie nahm wahr, dass Davide zwei Schritte zurücktrat und wartete still, wie das Schicksal entscheiden würde.

„Anna-Giulia“, hauchte Alice und verstummte sofort wieder.
Sie führte ihre zartgliedrigen Hände an ihr Gesicht. „Anna-Giulia“, sagte sie wieder und ein paar Tränen liefen ihr langsam über die Wangen. Dann setzte sie sich wie in Zeitlupe in Bewegung. Ganz nah vor Mia kam sie zum Stehen. Ihr tränenverhangener Blick wurde klarer.
„Du musst Mia sein“, sagte sie mit ruhiger Stimme, breitete die Arme aus und legte sie um Mia. Mia spürte den zarten Körper und bemerkte doch die innere Kraft, die von der weißhaarigen Frau ausging.
Ohne nachzudenken, umschlang Mia die Frau, die ihre Großmutter war. Sie klammerte sich fest an sie und fühlte sich wie in den Armen ihrer unbekannten Mutter. Doch dies war nicht ihre Mutter, die krank gewesen war und sie nicht beschützen konnte. Diese Frau war stärker, das spürte Mia. Diese Frau vereinte in sich den Geist einer ganzen Familie. Der Familie da Lago, zu der auch sie, Mia, gehörte.
Und so war es auch Alice, die zwar still weinte, aber Mia fest in den Armen hielt. Mia heulte haltlos. Die Tränen rannen wie aus einer Quelle, die nicht versiegen wollte. Sie hatte all die Zeit etwas gesucht, ohne zu wissen, was sie so

schmerzlich vermisste. Nun hatte sie es hier und heute gefunden.
Die beiden Frauen standen lange umschlungen da, bis Alice die Umarmung sanft löste. Sie blickte Mia mit einem kleinen Lächeln an und musterte ihr Gesicht, als würde sie etwas darin suchen.
„Mia, meine geliebte Enkeltochter. Du bist es wirklich. Ich sehe die Gesichtszüge von Anna-Giulia. Und doch bist du ein ganz eigenes Wesen. Du ahnst nicht, wie glücklich du mich machst. Ich habe seit Jahren auf dich gewartet, ohne große Hoffnungen zu haben, dass du jemals kommst. Nun bist du hier und ich werde dich nie wieder gehen lassen."
„Du bist … meine Großmutter", murmelte Mia.
Alice lachte ein bisschen, ohne Mia aus den Armen zu lassen.
„Ja, das bin ich. Aber du kannst ruhig Alice zu mir sagen, wenn dir Großmutter zu ungewohnt vorkommt."
„Alice … das klingt schön. Ich liebe diesen Namen."
„Wir haben uns so viel zu erzählen, meine kleine Mia", sagte Alice, strich Mia eine Locke aus dem Gesicht und fuhr mit dem Handrücken sanft über ihre Wange. Dann glitt Alices Hand an Mias Hals. Sie zog die Kette mit dem

perlengesäumten Granatanhänger aus Mias T-Shirt und starrte gedankenverloren darauf.
„Die Kette … Anna-Giulia hat sie oft getragen. Sie machte sie zur Besitzerin des Tintorettos“, sagte Alice und zeigte auf das riesige Gemälde mit der schönen Frau im tintenblauen Kleid. „Nun bist du die Besitzerin, Mia. Und nicht nur das, du bist die Erbin all des Besitzes, der den da Lagos gehört. Doch all diese komplizierten Dinge haben Zeit. Nun müssen wir uns erst einmal kennenlernen.“
Dann plötzlich hörten die beiden Frauen Davide etwas sagen, das sie aus ihrer Traumwelt erwachen ließ.
„Mia! Signora da Lago! Da draußen im Treppenhaus ist etwas im Gange.“
Mia und Alice hörten es jetzt auch. Die lauten Stimmen von Männern, die offenbar in ein Streitgespräch mit der Haushälterin verwickelt waren. Sie trampelten die Marmorstufen hoch und bald darauf wurde die große Holztür grob aufgestoßen.

32

Mia war es, als griff eine eiskalte Hand nach ihr. Sie sah ihre brutalen Entführer in der Tür stehen, den Stämmigen und den Schlaksigen, deren feiste Gesichter sich ihr eingebrannt hatten. Neben ihnen kam ein dritter Mann in den Salon. Sein Gesicht war hinter einer schwarzen Sturmmaske verborgen, sodass man nur zwei Sehschlitze sah.
Der Stämmige lachte hämisch auf und Mia spürte sofort das Grauen, das sie bei ihrer Entführung gefühlt hatte. Und dann sah sie es. Der Stämmige hielt eine kleine, glänzende Waffe in der Hand. Eine Pistole, so wie man sie aus zahllosen Fernsehkrimis kannte, die aber in der Wirklichkeit nichts zu suchen hatten.
„Du entwischt uns nicht, du raffiniertes Weibsstück. Auch wenn es dir gelungen ist, von der Insel zu fliehen, wie immer du das gemacht hast. Du kommst jetzt mit uns. Da werden wir ja sehen, was der Boss mit dir vorhat. Und die Kette liegt jetzt auch schön um deinen Hals, wie ich sehe. Da haben wir ja endlich das Pfand, um an den Tintoretto zu kommen. Braves Mädchen.“

Der Stämmige grinste weiter, ein paar Schweißtropfen glänzten auf seiner Stirn. Dann winkte er sie mit seinem linken, dicht behaarten Arm heran. Die Waffe war immer noch auf sie gerichtet. Mia sah direkt in das schwarze Loch am Ende des Laufes. Daraus würde die tödliche Kugel kommen. Würde man sie kommen sehen? Würde man den Knall hören? Oder würde einen plötzlich ohne Vorwarnung ein nie gekannter Schmerz zerreißen? Davide stand einige Schritte entfernt. Mia wagte nicht, ihn anzusehen. Alice stand so dicht neben ihr, dass sie die Wärme ihres Körpers spürte. Mia reagierte mechanisch wie ein Automat und folgte den Anweisungen des Stämmigen. Sie lief mit kleinen, zögerlichen Schritten auf ihn zu. Als sie in Reichweite seines linken Arms war, riss er sie mit einem Ruck zu sich und drehte sie gleichzeitig herum, sodass sie mit dem Rücken an seinem Bauch stand. Wieder roch sie den süßlichen Schweiß und fühlte die Übelkeit hochsteigen.
Die Szene kam Mia unwirklich vor, wie für einen Film gestellt. Sie blickte zu Alice und Davide, die beide stocksteif dastanden und sich nicht bewegten, als wären sie eingefroren. Der Stämmige hielt ihr jetzt die Pistole an die Schläfe. Mia spürte das kalte, harte Metall an ihrer Haut. Rechts von ihnen stand der maskierte

Mann, links der Schlaksige. Mia atmete flach und stoßweise. Ihr war leicht schwindelig und sie sah graue Schleier vor ihren Augen tanzen.
„Das wirst du nicht überleben, du freches Ding“, zischte der Stämmige ihr ins Ohr, sodass sie seinen nach Zigarette stinkenden Atem roch. „Deine Familie kann dich dann später aus dem Canale Grande fischen.“
In diesem Moment explodierte neben Mia etwas. Sie spürte einen heftigen Schlag und kam ins Wanken. Es musste der maskierte Mann rechts neben ihnen gewesen sein. Er hatte offenbar mit seiner Hand gegen den Arm des Stämmigen geschlagen, sodass dieser jäh nach oben zuckte. Dabei verlor der Stämmige die Pistole, die in hohem Bogen durch die Luft flog.
Wie in Zeitlupe sah Mia die Waffe unter der Decke schweben, dann nach unten segeln und hart auf den Parkettboden knallen. Sie drehte sich halb zur Seite und rutschte dann geräuschvoll über das blankpolierte Holz Richtung Fenster. Alles war so schnell gegangen, dass keiner sich bewegt hatte.
Mia trat einen halben Schritt von dem Stämmigen weg, der laut fluchte. Es war Alice, die als Erste reagierte. Die Waffe lag nur einen guten Meter von ihr entfernt. Flink wie ein junges Mädchen machte sie ein paar Schritten,

griff die Waffe, richtete sich auf und zielte auf die Gruppe der drei Eindringlinge, so als wäre das eine Bewegung, die sie lange einstudiert hatte. Ihr Arm zitterte leicht, doch ihre Augen waren klar und starr auf ihre Gegner gerichtet.
Der Stämmige schien sie nicht Ernst zu nehmen. Er schnaufte leise, setzte sich schlurfend in Bewegung und näherte sich Alice.
Ein Knall zerriss die Luft – so ohrenbetäubend laut, dass alles Denken für Sekunden erlosch. Alice stand weiterhin stocksteif da, doch der Stämmige kippte um wie ein Sack. Alice hatte tatsächlich geschossen. Sie hatte nichts mehr zu verlieren und war zum Äußersten entschlossen, um ihre Enkelin nicht zu verlieren. Der Stämmige hielt sich den Oberschenkel und schrie hell und schrill, so wie Mia noch nie einen Menschen hatte schreien hören. Seine beige Leinenhose war aufgerissen und schwärzlich verfärbt. Zwischen den Händen des Stämmigen sickerte rote Flüssigkeit hervor und breitete sich wie Tinte auf dem hellen Stoff aus.
„Aufhören“, hörte Mia plötzlich den Maskierten mit hoher, kreischender Stimme rufen.
Er hat dem Stämmigen die Waffe aus der Hand geschlagen … Er hat mich gerettet, schoss es Mia dabei durch den Kopf. Warum hatte er das getan? – Bevor Mia den Gedanken

weiterverfolgen konnte, riss sich der Mann mit einer schnellen Bewegung die Maske vom Kopf.
„Ricci", flüsterte Alice. Sie war sehr blass geworden und Mia fürchtete, dass sie in sich zusammensacken würde wie ein Ballon, aus dem man die Luft ließ. Doch Alice blieb fest stehen und wisperte weiter: „Was machst du hier? Mein Gott, was hat das alles zu bedeuten?"
Mia wand den Kopf. Ricci? War das nicht der Gondoliere, den ihr Dylan vorgestellt hatte und den sie später auf Dylans Handydisplay gesehen hatte?
Alices Augen flackerten wie eine Kerze, die dabei war auszugehen. Sie blickte von Mia zu Ricci und wieder zurück. Noch immer hielt sie mit ausgestreckten Armen die Pistole im Anschlag.
„Er ist mein Großneffe, der Sohn meines Bruders …", murmelte Alice an Mia gewandt.
Mias Hirn arbeitete in Zeitlupe und sie hatte Schwierigkeiten, den Informationen zu folgen.
„Ricci wäre der Alleinerbe der da Lagos gewesen, wenn du nicht nach Venedig zurückgekehrt wärst." Alices Stimme klang nun fester und sie straffte sich ein wenig. So langsam begann auch Mia zu verstehen. Offensichtlich war es Ricci gewesen, der die ganze Zeit versucht hatte zu verhindern, dass sie bei Alice

auftauchte. Und offenbar hatte er auch Dylan für seine Zwecke eingespannt.
„Aber warum …“, fragte Mia und blickte Ricci an.
„Warum ich dich eben nicht den beiden Mördern überlassen habe?“
Mia nickte stumm.
Es blieb still. Ricci schien nachzudenken. Er blickte mit unbestimmtem Blick in die Ferne, aus den Fenstern hinaus, so als würde die Wahrheit irgendwo da draußen liegen. „Ich weiß nicht. Ich konnte es einfach nicht zulassen. Es war wohl ein Instinkt. Ja, ich wollte das Geld, den Tintoretto, ich wollte einfach alles, das stimmt. Aber …“
Er sprach wie zu sich selbst. Dann verstummte er und versenkte seine Augen in die von Alice, seiner Großtante. „Ich weiß, dass du mich für einen nutzlosen, gierigen und gefährlichen Gauner hältst. Das schwarze Schaf der Familie. Und das bin ich vielleicht auch. Aber … aber ich bin kein Mörder.“ Seine Stimme war leise geworden. Er senkte den Kopf und blieb einfach stehen, so als warte er auf ein Urteil.
In diesem Moment der Stille trat Davide zu Alice und nahm ihr langsam und vorsichtig die Pistole aus der Hand. Nun hielt er sie im Anschlag und richtete den Lauf weiter auf den

Stämmigen, der sich wimmernd auf dem Boden wand, und den Schlaksigen, der mit leerem Blick und hängenden Armen neben ihm stand.
Als seien ihre Sinne geschärft, registrierte Mia plötzlich ihre Umgebung. Sie musterte die Goldbordüre an der Decke, sie sah die purpurroten Samtvorhänge, roch den Duft der Lilien, die in einer kostbaren Kristallvase standen und hörte die Rufe der Gondoliere, die durch die geöffneten Fenster in den Salon drangen. Ihr schien, als würden sie alle hier im Raum wie festgeklebt für ewig so stehenbleiben müssen.
Genau in diesem Moment öffnete sich erneut die zweiflüglige Nussbaumtür und die Haushälterin steckte ihren Kopf herein.
„Die Carabinieri", presste sie atemlos heraus.
Fast gleichzeitig stürmte ein Trupp uniformierter Polizisten herein. Nach der Stille schienen sie überlaut. Man hörte ihr Getrampel, das Klackern von Metall und knappe Befehle, die gerufen wurden.
Hinter den Polizisten trat ein weiterer Mann in den Salon ... André!
„Es tut mir leid, dass wir so spät sind", keuchte André außer Atem und versuchte zu erfassen, in welche Situation er gerade hineingeraten war. Es war Alice, die Klarheit schaffte. „Die beiden

können Sie mitnehmen“, sagte sie mit entschiedener Stimme zu den Carabinieri und zeigte auf den Stämmigen und den Schlaksigen.
„Und was ist mit dem da?“, fragte einer der Uniformierten und zeigte auf Ricci, der wie ein geprügelter Hund dastand und immer noch seine Sturmhaube in der Hand hielt.
„Was mit dem passiert, entscheide ich später“, antwortete Alice.
Die Carabinieri legten dem Schlaksigen Handschellen an und schleiften den laut jammernden Stämmigen aus dem Salon in den Treppenhausflur. Davide hatte die Pistole inzwischen gen Boden gesenkt und übergab sie dann einem der Polizisten. Er schien sichtlich froh, sie loszuwerden und rieb sich die Hände an seinen Hosenbeinen ab, als müsse er sie von der Waffe säubern. „Commisario Moretti meldet sich in Kürze bei Ihnen, Signora da Lago“, sagte einer der Uniformierten, machte eine winzige Verbeugung und folgte seinen Kollegen aus dem Salon.
Mia spürte, wie sie am ganzen Körper zitterte. Sie hatte eiskalte Hände und fürchtete, dass sie ihr Kreislauf im Stich ließe und sie einfach in sich zusammensinken würde. Doch dann merkte sie, wie sich ein Arm wie ein schützender Flügel um sie legte. Es war Davide, der an sie

herangetreten war. Er führte sie zu Alice und für einen Moment hielten sie sich alle drei in den Armen.

„Und was ist mit mir?“, hörten sie plötzlich André sagen. Mia schrak auf und versuchte, sich in der Wirklichkeit zurechtzufinden. „Wieso bist du eigentlich hier?“

„Das ist eine berechtigte Frage, meine liebe, arme Mia“, sagte André, „aber es wird etwas länger dauern, sie zu beantworten.“

„Ich glaube, hier müssen noch einige längere Geschichten erzählt werden“, ließ sich Alice vernehmen. Sie schien die Erste zu sein, die wieder handlungsfähig war. „Ich muss erst einmal mit dem Commissario reden. Ihr anderen solltet euch ausruhen, das wird dringend nötig sein.“

Alice zeigte, dass sie es gewohnt war, zu organisieren und Anordnungen zu erteilen. „Ich lasse dir, André, das Eckzimmer im zweiten Stock fertig machen. Mia und Davide, ich denke, ihr hättet gerne ein gemeinsames Zimmer“, meinte sie und zwinkerte ihnen zu. „Ihr bekommt die kleine Suite mit Blick auf den Rio de San Vio.“

33

Um 19 Uhr, so hatte Alice erklärt, würden sich alle wieder im großen Salon treffen. Als Mia und Davide eintraten, war der herrschaftliche Saal wie in Gold getaucht. Die Sonne hing glutrot über dem Horizont und nahm mit einem opulenten Farbspiel Abschied von diesem denkwürdigen Tag. Auch Alice umgab ein leuchtender Kranz, als sie durch eine Nebentür eintrat. Wie selbstverständlich ging sie auf Mia zu und nahm sie in den Arm.

Gleich darauf kam André. „Hallo Davide, ich hatte vorhin gar keine Zeit, dich richtig zu begrüßen."

„Es ging ja auch recht turbulent zu", antwortete Davide lässig. „Aber ich sollte nicht scherzen. Es war mehr als gefährlich, vor allem für Mia."

Mia schaute erstaunt auf Davide und André. „Woher kennt ihr euch eigentlich?"

André grinste. „Davide ist in Venedig bekannt wie ein bunter Hund. Die einen verehren ihn, die anderen würden ihn am liebsten zur Hölle schicken."

„Warum das denn? Mir schien er eigentlich recht umgänglich", meinte Mia.

„Davide verkauft als Immobilienmakler den Schönen und Reichen aus aller Welt hier in Venedig die prächtigsten Paläste und Herrenhäuser. Dann hat er sie am Wickel, denn er sucht ständig nach Geldgebern und Sponsoren für seine vielen sozialen Projekte hier in der Stadt, denn auch hier ist nicht alles Gold, was glänzt. Seine Klientel ist durchgängig schwerreich. Er lässt nicht locker, bis sie irgendwann Geld flüssig machen. Manche geben irgendwann nach, weil er sie überzeugt hat, andere, weil sie ihn endlich loswerden wollen."

Mia schaute zu Davide, aber der grinste nur breit.

So richtig wurde Mia immer noch nicht schlau aus André. „Warum bist du eigentlich hier und wieso hast du die Carabinieri hergelotst und dann auch noch zur richtigen Zeit?"

„Da muss ich ein bisschen ausholen. Alice besitzt etliche sehr wertvolle Kunstschätze und ich berate sie schon seit einigen Jahren. Als du mir vor ein paar Tagen am Telefon von der Kette erzählt hast, wurde ich hellhörig. Ich wusste, dass eine Kunstbande hinter der Kette her ist, weil sie in den Besitz des Tintorettos kommen wollte. Ich befürchtete, dass du in Gefahr bist. Deshalb habe ich einen der Sicherheitsleute, die wir im Guggenheim-

Museum beschäftigen, darauf angesetzt, dich zu beobachten und wenn nötig zu beschützen. Der Mann hat mitbekommen, wie du entführt wurdest und wohin man dich gebracht hatte. Ich hatte ihn beauftragt, dich von der Insel zu befreien und in Sicherheit zu bringen. Aber dann bist du abgehauen, was ja aus deiner Sicht genau das Richtige war. Da wir dann nicht mehr wussten, wo du abgeblieben warst, haben wir eine Person vor dem Palazzo Nero postiert, da wir vermuteten, dass du früher oder später bei Alice auftauchst. Der Mann saß in einem der Cafés vor dem Eingang. Er beobachtete, wie ihr beide, du und Davide, hineingegangen seid. Kurz darauf tauchten deine Entführer auf und verschwanden ebenfalls in dem Palazzo. In dem Moment war klar, dass ihr in Gefahr seid und ich habe die Carabinieri informiert."

Mia schaute noch immer etwas ratlos. „Okay, das klingt logisch. Aber eins an der Geschichte verstehe ich immer noch nicht. Wer hat mir denn bloß die Kette geschickt? Sie kam eines Tages morgens mit der Post …"

Nun meldete sich Davide zu Wort. „Es muss mein Vater gewesen sein. Er hat Ricci das Versteck des Mahagoni-Kastens mit dem Brief verraten. Doch er ist kein schlechter Kerl. Ich denke, ihn hat dann das schlechte Gewissen gepackt und er hat dir die Kette geschickt, damit du eine Chance hast, deine Familie wiederzufinden. Ich habe die Kette wiedererkannt. Ich habe sie vor Jahren im Safe meines Vaters gesehen."

„Und was ist mit dem zweiten Kästchen, in dem ich den Brief meines Vaters gefunden habe?"

„Ich denke, dein Vater wollte auf Nummer sicher gehen und hat einen zweiten Kasten mit einer Kopie des Briefes versteckt, falls mit Bruno etwas schiefgehen würde, was ja dann auch tatsächlich eingetreten ist. Dein Vater ahnte wohl, dass du, wenn du nach Venedig kommen würdest, den Weg zum Grab von Anna-Giulia finden würdest."

„Und was ist mit Ricci und mit Dylan, der ja offenbar mit ihm unter einer Decke gesteckt hat?"

„Das kann ich erklären", meldete sich Alice zu Wort. „Ich habe vorhin mit meinem Großneffen ein paar sehr ernste Worte geredet. Ich wusste, dass er es auf das Erbe der da Lagos und auf den Tintoretto abgesehen hatte. Aber ich ahnte nicht, wie weit er gehen würde. Er war akut in finanziellen Schwierigkeiten und hatte einer Kunstbande den Tintoretto versprochen. Als Mia nach Venedig kam, wurde es eng für Ricci. Die Bande drohte ihm mit schlimmen

Konsequenzen, falls er den Tintoretto nicht beschaffen würde. Also bezahlte Ricci Dylan, den er bei einer Gondelfahrt kennengelernt hatte, dafür, Mia auszukundschaften.“ Nun wandte sie sich direkt an Mia. „Er wollte wissen, was du treibst, ob du dem Geheimnis auf der Spur bist und irgendwann hier bei mir auftauchen würdest. Er hatte auch den Code, den ihr gemeinsam in der Scuola Grande di San Rocco gefunden habt, an Ricci weitergegeben.“

Dylan ein Verräter? Mia war nicht allzu überrascht. Es war ihr aber mehr als peinlich, dass sie fast auf seinen Jungencharme hereingefallen war. Immerhin hatte sie ihm nicht verraten, dass der Code spiegelverkehrt zu lesen war, sodass Ricci den Kasten aus dem Gefängnispalast mit der Zahlenkombination nicht öffnen konnte.

„Das muss alles sehr verwirrend für dich sein, Mia“, sagte Alice. „Hast du denn noch Fragen, die dir auf der Seele liegen?“

Mia blickte zu der freundlichen, alten Dame und ihr Herz hüpfte vor Freude, dass diese Frau ihre Großmutter sein sollte. „Ich glaube, ich weiß nun ungefähr, was abgelaufen ist, seit ich in Venedig bin“, sagte sie. „Doch ich frage mich, was genau vor 30 Jahren, als meine Mutter

starb, passiert ist. Alice, bitte, ich muss das wissen, um zu verstehen."
Über Alices Gesicht senkte sich ein Schleier, so, als hätte jemand das Licht ausgeknipst, das sonst in ihr leuchtete. „Du hast ein Recht, alles zu erfahren." Dabei führe Alice Mia auf die prunkvolle Terrasse. „Ihr beide wartet bitte hier. Ich muss mit Mia allein sprechen", sagte sie zu Davide und André.
Mia und Alice standen an der Brüstung und blickten auf das geschäftige Treiben auf dem Canale Grande. Schon seit Jahrhunderten musste der Ausblick ähnlich gewesen sein. „Vor 30 Jahren stand ich hier mit Anna-Giulia, meiner Tochter. Ich war glücklich und doch wusste ich auch um die zerstörerische Krankheit deiner Mutter. Als das Schreckliche, Unaussprechliche damals geschah, kam dein Vater zu mir – völlig aufgelöst, ein psychisches Wrack. Er wollte alles gestehen, zur Polizei gehen und sich stellen. In mir tobte ein schrecklicher Kampf. Ich hasste diesen Mann, der meine Tochter dem Tod übergeben hatte. Doch hätte ich ihn der Polizei überlassen, hättest du, meine geliebte kleine Enkelin, an diesem Tag nicht nur deine Mutter, sondern auch deinen Vater verloren. Dein Vater war kein schlechter Mann, er war selbst Opfer dieses schrecklichen Schicksals. Ich

beschloss, deinen Vater gehen zu lassen – unter der Bedingung, dass er nie wiederkommt, da ich ihm niemals verzeihen und wieder in die Augen schauen könnte. Wenige Tage später verließ er tatsächlich mit dir die Stadt und hat sich nie wieder gemeldet. Ich habe in diesen Tagen meine Tochter, meinen Schwiegersohn und meine einzige Enkelin verloren. Alles erstarb in mir. Mein einziger Hoffnungsschimmer war, dass du eines Tages nach Venedig zurückkehren würdest."

„Aber warum hast du mich niemals gesucht?"

„Was hätte ich dir sagen sollen? Dass dein Vater deine Mutter getötet hat? Daran wärst du zerbrochen, jeder wäre daran zerbrochen. Wenn du jemals zurückkehrst, so dachte ich, müsstest du das aus freien Stücken tun. Du müsstest Mosaiksteinchen für Mosaiksteinchen zusammentragen, um das, was geschehen ist, nach und nach zu begreifen, ohne vorschnell fatale Schlüsse zu ziehen. Ich wusste, dass du dein Leben als eine da Lago nur annehmen könntest, wenn du alles mit deinem Herzen verstehen und verzeihen könntest."

Mia blickte auf Alice. Sie schien ihr noch kleiner und zarter geworden zu sein. Ein Mensch aus einer anderen Zeit, die ihr dennoch die Kraft gegeben hatte, ihr Schicksal zu erkennen, Frieden zu schließen und Liebe zu empfinden.

34
Drei Monate später

Fast drei Monate waren seit dem schicksalshaften Tag im Palazzo Nero vergangen. Mia hatte ihr Appartement aufgegeben und war in den Palazzo Nero gezogen, in jene kleine Suite, in die sie Alice zusammen mit Davide einquartiert hatte. Mia hatte viele Abende zusammen mit Alice auf der Terrasse verbracht. Während sie den Gondeln, Vaporettos und Wassertaxis zuschauten, die über den Canale Grande kreuzten, erzählte Alice ihr alles über die Geschichte der da Lagos und über die glücklichen Jahre, die ihre Eltern in Venedig verbracht hatten. Sie erzählte ihr auch von der alten stummen Haushälterin Mirabella, die in der besagten Nacht alles beobachtetet hatte und Alice anhand einer Zeichnung zu verstehen gab, welch schreckliches Ereignis sie beobachtet hatte.

Um Klarheit zu erlangen, besuchte Mia recht bald den Kunsthändler Bruno Gotto. Er bestätigte ihr, dass er sie erst verraten, ihr aber dann die Kette geschickt hatte, um ihr eine Chance zu geben, der Wahrheit auf die Spur zu kommen. Er weinte stille Tränen, als er ihr gestand, dass er ihren Vater, seinen Freund, verraten hatte.

Mia entschied außerdem, Dylans Kontakt unwiederbringlich von ihrem Handy zu löschen. Sie war ihm nicht wirklich böse, doch sie wollte niemals mehr mit ihm zu tun haben. Alice und Mia überlegten lange, was mit Ricci geschehen sollte. Sie kamen überein, ihn nicht der Polizei zu übergeben. Er hatte Mia in große Gefahr gebracht, sie dann aber im letzten Moment gerettet. Er blieb ein Faktor der Unsicherheit und sie wussten, dass sie ihn fest im Auge behalten mussten.

André kam in diesen Wochen häufig zu Besuch in den Palazzo. Sie besprachen, welche Gemälde für Ausstellungen verliehen werden sollten. Der Tintoretto mit der Frau im tintenblauen Kleid und der geheimnisvollen Halskette würde nicht dazu gehören. Sein Platz war im Salon des Palazzo Nero. Mia beschloss auch, die Kette mit dem Granatanhänger sicher in einem Bankfach zu verwahren. Sie trennte sich nur ungern von dem Schmuckstück, das schon ihre Mutter getragen hatte. Doch die Kette hatte zu viel

Unglück gebracht und das sollte sich nicht wiederholen.

Einige Tage, nachdem Mia ihre Großmutter wiedergefunden hatte, rief sie Henriette in Hamburg an. Sie erzählte ihr in groben Zügen, was passiert war. Henriette war entsetzt über die Gefahren, denen Mia ausgesetzt war. Sie weinte laut und haltlos, als sie erfuhr, welche Geschichte sich hinter Pietros Kummer verbarg. Sie vereinbarten, dass Henriette so bald wie möglich nach Venedig kommen sollte, um alle Details der Wahrheit zu erfahren und Alice sowie Alessandro kennen zu lernen. Dann fehlte noch der Anruf bei ihrem Freund Felix. Mia hasste es, anderen Menschen weh zu tun, doch Felix musste die Wahrheit erfahren. Sie nahm all ihren Mut zusammen, rief ihn an und sagte ihm, dass es mit ihnen zu Ende sei. Er machte es ihr nicht allzu schwer. Als sie ihm erzählte, dass es einen Neuen gab, hörte sie ihn leise weinen. Doch er gestand ihr auch, dass er von der Trennung nicht allzu überrascht war. Sie beendeten das Gespräch freundschaftlich und vereinbarten, lose in Kontakt zu bleiben.

Mia und Davide lernten sich über die Wochen immer besser kennen und spürten, dass aus ihrer

Verliebtheit Liebe wurde. Mia wusste, dass sie noch Zeit brauchen würde, um die Geschehnisse zu verarbeiten. Doch sie spürte auch, dass ihre Zukunft jetzt hier in Venedig war. Sie beschloss, zu bleiben und sich den Aufgaben zu stellen, die ihr Alice auftragen würde. Es war noch ein langer Weg, aber sie würde ihr Leben als eine da Lago führen und sich der Verantwortung stellen, die ihr als einzige rechtmäßige Nachfahrin zufiel.

ENDE

Nachwort

Alle Geschehnisse und Personen des Romans „Die venezianische Kette“ sind frei erfunden.

Die Idee zu der Geschichte entstand bei einem längeren Aufenthalt in Venedig. Die meisten Plätze, die als Romankulisse dienen, habe ich selbst besucht. Orte, Sehenswürdigkeiten und Begebenheiten entsprechen der Realität und können in Venedig so wie beschrieben entdeckt werden. Nur an wenigen Stellen habe ich im Sinne der künstlerischen Freiheit Neues erfunden, wie etwa den Palazzo Nero. Dieser orientiert sich zwar an einem echten Vorbild, existiert so aber nicht. Auch die (meisten) Kunstwerke, etwa die von Tintoretto, existieren in der Realität. Allein das Gemälde „Die venezianische Kette“ im „Palazzo Nero“ ist ein Gedankengebilde.

Ich würde mich freuen, wenn ich Ihnen, liebe Leserinnen und Leser, mit diesem Roman Lust darauf mache, nach Venedig zu reisen – oder sie animiere, der mittelalterlichen Lagunenstadt einen erneuten Besuch abzustatten. Auf den folgenden Seiten finden Sie meine persönlichen Reisetipps zu Venedig – vor allem solche, die

Entdeckungen jenseits des Mainstreams versprechen. Dort können Sie auch heute noch den Zauber dieser steinernen Schönheit entdecken und tief in die Seele Venedigs blicken. Viel Spaß in einer der schönsten Städte der Welt!

Ihre Ella May

Reisetipps von Ella May

Cannaregio – Venedig (fast) wie früher

Venedig entfacht überall seinen Zauber, doch das Sestiere Cannaregio ist für mich das schönste der sechs Stadtviertel – ruhig, authentisch und mit wunderbaren Palazzi und Kirchen bestückt. Kleine Läden und Handwerksateliers laden zum gemütlichen Stöbern ein. Beim Umherbummeln stößt man auf Meisterbauwerke wie den Ca' d'Oro, den vielleicht schönsten Palast am Canale Grande, und die Backsteinkirche Madonna dell'Orto. Letztere ist die Grabeskirche des charismatischen Renaissance-Malers Tintoretto, der im 16. Jahrhundert ganz Venedig wie in einem Rausch mit riesigen Gemälden in Kirchen, Scuolas und Verwaltungsgebäuden ausstattete. Nicht weit entfernt kann man dem Geburtshaus von Tintoretto einen Besuch abstatten und die Atmosphäre erschnuppern, in der er damals zu seiner künstlerischen Hochform auflief.

Cannaregio lockt auch mit Il Ghetto, einem abgegrenzten Häuserbereich rund um den Campo del Ghetto Nuovo, in dem auch heute noch jüdische Kultur lebendig ist. Empfehlenswert ist ein Besuch des Jüdischen Museums „Museo Ebraico“ mit einem stimmungsvollen Café, in dem koschere Snacks bestellt werden können. Ein kulinarischer Tipp ist Gam Gam, das älteste koschere Restaurant Venedigs. In modernem Ambiente und mit überaus freundlichem Service auch Touristen gegenüber werden traditionell jüdische und israelische Gerichte aufgetischt. Sehr lecker und zu fairen Preisen!

Scuola Grande di San Rocco – wie ein Tintoretto-Museum

Die Scuole (Schulen) in Venedig, von denen es im 16. Jahrhundert sechs scuole grandi (große Schulen) und mehr als 200 scuole piccole (kleine Schulen) gab, sind Laienbruderschaften, die sich unter den Schutz eines Heiligen stellten und sich der Bildung und karitativen Aufgaben widmeten. Vor allem die scuole grandi verfügten über großen Einfluss und beträchtliches Vermögen und ließen ihre Gebäude in einem Wettstreit untereinander mit Prachtgemälden angesagter Maler ausschmücken. Die Scuola Grande di San Rocco in San Polo engagierte Tintoretto, der sich mit seinen biblischen Bilderzyklen im XXL-Format dort ein ewiges Denkmal setzte. Für alle, die auf den Spuren dieses Ausnahmemalers wandeln möchte, ist die Scuola Grande di San Rocco ein Muss. Da viele großartige Gemälde an den Decken zu bestaunen sind, kann man einen Spiegel mitbringen, um die Kunst ohne Nackenschmerzen zu genießen.

Seufzerbrücke und Prigioni Nuove – Konzerte mit Gänsehaut

Den Dogenpalast mit seiner filigranen Säulenarchitektur und dem Oberbau aus altrosa und weißem Marmor kennt jeder, der sich einmal mit Venedig beschäftigt hat. Durch die Seufzerbrücke, ebenfalls ein touristisches Muss, ist er mit dem Gefängnis Prigioni Nuove verbunden. Hier im Gefängnisbau werden regelmäßig Konzerte gegeben, ein Geheimtipp für alle Fans klassischer Musik. Sowieso lässt sich mit einem Konzertticket in der Tasche so manches prächtige Bauwerk von innen bestaunen. Auftritte gibt es in den Scuolas, in Kirchen und Palästen – stimmungsvoller lässt sich Musik nicht genießen. Gebucht wird einfach online über die gängigen Portale. Parkplatzsorgen muss man sich in Venedig bekanntlich nicht machen. Der Konzertgänger nimmt ein Vaporetto oder schlendert zu Fuß zum Abendevent. Romantik pur!

Grand Hotel Palazzo dei Dogi – der geheime Garten

Der Eingang des Grand Hotel Palazzo dei Dogi kommt fast unscheinbar daher. Doch hinter den schmucken Fassaden des Palastes wartet eine Welt voller stilvollen Luxus, von dem auch Normalsterbliche etwas haben. Der Hotelpalast kann sich rühmen, einen der schönsten Gärten Venedigs zu besitzen. Das Beste daran: Wer an der Rezeption fragt, darf durch die Lobby gehen und den Garten genießen, auch ohne Hotelgast zu sein. Eine Broschüre erzählt von der Geschichte dieses grünen Kleinods, das im 17. Jahrhundert zunächst als Gemüsegarten angelegt wurde. Heute eröffnet sich ein kleines Paradies mit blühenden Hortensien, duftendem Jasmin, einer japanischen Brücke, einem plätschernden Brunnen und einer Grotte, in der früher Eisblöcke aus den Dolomiten gelagert wurden. Der Garten wird am hinteren Ende durch eine Loggia begrenzt. Hier bitte unbedingt hindurchtreten, denn dann bietet sich ein herrlicher weiter Blick auf die Lagune und rechterhand auf die Friedhofsinsel San Michele mit ihren hohen Zypressen.

San Michele

Früher lebten auf der kleinen Insel mit den Zypressen die Kamaldulensermönche, heute nimmt San Michele die Toten Venedigs auf. Mit schwarzen Leichengondeln werden sie zur Friedhofsinsel gebracht. Die Insel ist für die Öffentlichkeit zugänglich und lockt unter anderem mit der eleganten Renaissancekirche San Michele in Isola. Inzwischen finden die Toten in oberirdischen Kolumbarien ihre letzte Ruhestätte. Im alten Teil des Friedhofs entdeckt man die herkömmlichen Grabstätten des amerikanischen Dichters Ezra Pound, des russischen Komponisten Igor Strawinsky und anderer Berühmtheiten.

Giudecca – dörflicher Charme und hippe Rooftop-Bar

Jenseits des Canale della Giudecca erstreckt sich das „siebte Sestiere" Venedigs, die sichelförmige Insel Giudecca. Im Mittelalter fanden sich hier die Sommerpaläste der Reichen, später wurden dort Fabriken und Wohnungen für Arbeiter errichtet. Heute kann man auf der Insel, die in wenigen Minuten von der Hauptinsel mit dem Vaporetto erreichbar ist, entspannt am Canale entlangschlendern, den dörflichen Charme in den verwinkelten Gassen genießen und in den kleinen Bars Milieustudien betreiben. 2007 wurde eine ehemalige Industriemühle mit mächtigen Backsteinmauern zu einer Luxusherberge umgebaut und das Molino-Stucky-Hilton-Hotel hielt Einzug. Vor allem zum Sonnenuntergang lohnt sich dort ein Besuch der Rooftop Bar. In hippem Ambiente schlürft man an seinem Cocktail und genießt den spektakulären Blick auf das Häusermeer Venedigs jenseits des Kanals.

Collezione Peggy Guggenheim – Heimstatt für moderne Kunst

„Kaufe täglich ein Bild", hatte sich die US-amerikanische Kunstsammlerin zur Maxime gemacht. Mit dieser Devise gelang es ihr, recht bald eine eindrucksvolle Sammlung exzellenter Werke aller wichtigen Künstler der klassischen Moderne aufzubauen – von Hans Arp über Mondrian bis Picasso. 1949 kaufte die exzentrische Mäzenin, die durch ihren freiheitlichen Lebensstil und zahlreiche Affären bekannt wurde, den unvollendeten Palazzo Venier die Leoni am Canale Grande als Heimstatt für ihre Kollektion. Er beherbergt auch heute noch ihre Sammlung und ist eine Schatzkiste für Kunstliebhaber. Im dazugehörigen Skulpturengarten kann das Grab von Peggy Guggenheim – und das ihrer Hunde – besucht werden.

Wenn Ihnen mein Buch gefallen hat, würde ich mich über eine Rezension bei Amazon sehr freuen!

Facebook-Mitglieder sind herzlich willkommen, durch Klicken des Gefällt-mir-Buttons Fan zu werden und über neue Bücher auf dem Laufenden zu bleiben:

https://www.facebook.com/EllaMay-Autorin/

Sie möchten weitere Romane von Ella May lesen? Der nächste ist schon in Planung. Melden Sie sich per Mail an EllaMay@email.de für den Ella-May-Newsletter an.

Ihre Ella May

Danksagung

Mein herzlichster Dank geht an:

Susan de Winter, die mich unermüdlich motiviert hat, dieses Buch zu schreiben und die mir mit ihrem Lektorat ganz entscheidend geholfen hat.

Jennifer Summer für ihr tolles und feinsinniges Lektorat.

Mirjam Dralle für ihre Tipps und das detektivische Aufspüren von Unstimmigkeiten sowie orthographischen Fehlern.

Tim Lemcke für die wunderbare Zeit in Venedig.

Christiane Baurichter für das schöne Cover.

Dazu noch vielen Freundinnen und Freunden, die mir mit Rat, Tat und ermutigenden Worten zur Seite gestanden haben. Danke euch allen!

Hinweis, Rechtliches und Impressum

E-Book und Taschenbuchausgabe Juni 2021

Herausgegeben von:
Ella May
An der Lister Kirche 1
30163 Hannover

Printed in Poland
by Amazon Fulfillment
Poland Sp. z o.o., Wrocław

51261376R00162